我曾经有过
一个小说人物

郭其俊　陶波——主编

中国大百科全书出版社　　知博出版社

图书在版编目（CIP）数据

我曾经有过一个小说人物 / 郭其俊，陶波主编 . ——
北京：知识出版社，2021.3

（致青春·中国青少年成长书系）

ISBN 978-7-5215-0325-8

Ⅰ.①我… Ⅱ.①郭…②陶… Ⅲ.①短篇小说—小
说集—中国—当代 Ⅳ.① I247.7

中国版本图书馆 CIP 数据核字（2021）第 027684 号

我曾经有过一个小说人物　郭其俊　陶　波　主编

出 版 人	姜钦云
图书统筹	朱金叶
责任编辑	朱金叶
责任印制	吴永星
美术编辑	马任驰
出版发行	知识出版社
地　　址	北京市西城区阜成门北大街 17 号
邮　　编	100037
网　　址	http://www.ecph.com.cn
电　　话	010-88390659
印　　刷	三河市人民印务有限公司
开　　本	660mm×930mm　1/16
字　　数	135 千字
印　　张	12
版　　次	2021 年 3 月第 1 版
印　　次	2025 年 1 月第 2 次印刷
书　　号	ISBN 978-7-5215-0325-8
定　　价	42.00 元

目录 Contents

我是个假人

我曾经有过一个小说人物　002

硬　币　006

叶子的故事　009

我是个假人　014

乘客 5845　017

干尸少女　025

摆渡人　036

不留遗憾

假 面　　　　　048

树 华　　　　　050

烟 妖　　　　　061

阴阳眼　　　　　067

谋 杀　　　　　070

不留遗憾　　　　077

回 家

父 亲 084

戴面具的姐姐 087

红狐狸 093

金 鱼 096

狐狸垂钓 099

仲夏夜之梦 105

回 家 111

穿越者

未 挣 　　　　　116

same or not 　　136

亚热带极光 　　157

相 遇 　　　　165

穿越者 　　　　170

命定的相遇 　　175

我是个假人

我曾经有过一个小说人物

叶 薇

　　我看见我的人物独自坐在他的房间里，漫无目的地刷着手机。

　　可能他身边也有许多人，只是我没看见。他不想让我看见。我不能理解为什么。

　　他旁边的沙发上散乱地堆着一些衣服，还有几本书，由于窗帘完全没有透缝，房间里很暗，我甚至不太清楚那些衣服原本是什么颜色。

　　"别待在房间里了，出去走走。"我幻想着拿手指戳了戳他的情景，对他说。对话是在他的脑内进行的。

　　"你不给我一个房间外的场景，我怎么出去走啊。你真是够懒的，连名字也不给我一个。"他抬头，随意地看了看四周，什么变化也没有。

　　"让我指挥你实在是太麻烦啦。你已经是个大孩子了，要有主见，不要什么都找我要。应该学会自己出去溜达溜达，不需要我来操心了。至于名字，我……还没想好，再等等嘛，不着急，不着急。"

　　我的人物叹了口气。"你真懒。"他对我说，然后把手机放进裤兜里，走到窗边，把窗帘拉开。阳光一下子透进来，他眯了一下眼，还不是很习惯。街旁那棵很高的树上面经常会蹦出几只麻雀。楼下的街道只有一些行人，但是再过几个小时，街上就会挤满下班的人。

"现在是夏天，一个晴朗的下午，已经不是很晒了。好。你快出去逛逛吧，今天的任务是和可爱的女孩子搭讪，然后谈恋爱，说不准我会帮你一把，嘻嘻。"

"你好无趣。"我的人物吐槽了一句，松开了窗帘，乖乖地换好衣服，穿好了鞋子，整理了一下头发，打开门，迈步走了出去；但他脸上满是不耐烦，对我说："做你的人物好累。"

然后，他调整好自己的心情，深吸一口气，关上门。

在下楼的时候，我的人物和三层刚买菜回来的房东太太笑着打了招呼。房东太太说，小伙子要去哪玩呀？他说，出去透透气。

然后，他继续走下楼。

"……你总算让我遇到第三个人物了。事实上，我并不觉得这是个人物，你连她的性格都懒得跟我描述。尽管我每天都在活着，遇到的你的人物却少得可怜。真是不容易。"他有些嘲讽。

"第一个和第二个人物是谁啊？"我避开他的嘲讽，问道。

"第一个是你。第二个是我。你要让我去街上遇到什么人？"

"等着吧，我也没想好。"

我的人物没有接我的话。我知道，他在生动形象地演示着什么叫作无语。

所以现在，我的人物在街上漫无目的地走着。

我叫他上了一辆公交车。过了不久，我又叫他换乘另一辆车。

现在，我的人物在海湾边漫无目的地走着。海风很舒服。有一些白色的东西在水面上空飞着。

一个穿着运动装的女孩从我的人物身边跑过，在不远处缓了下来，变成散步。她擦了擦汗。

我的人物看了看她，又看了看天空。

"第四个人物了！快看看她，长得真不错。她也在你的大学哦，看看她包上的徽章。去搭讪吗？"我冲我的人物兴奋地叫道。

但是，他好像没有什么反应，反而转过头，向反方向走去。一直走到长椅前，他才停下，坐了下来。

长椅上还坐了一个长头发的女孩，长得相当一般。我的人物坐下之后，我才注意到她。她正在看一只鹭从水面飞过去，现在看了一眼我的人物。

"你喜欢观鸟吗？"我的人物说话了。

"你喜欢这样的女生吗？真没有想到啊。你不听我的话，那你就等着搭讪被拒绝吧。没有读者喜欢看你们慢热的故事。"我说道。我的人物居然在他的大脑里对我说，"闭嘴"。

女孩只是又看他一眼，没有回答。

"那一只是白琵鹭。"我的人物说。

"它飞起来的样子很好看，很优雅。"

女孩依然没有反应。

"这里还有很多鸟类……"我的人物自顾自地继续说着，同时望着天空。

"后悔了吧？不听我的。"我戏谑道。他没有理我。

过了一会儿，他弯下了腰，捡起了什么。我这才意识到，地上有一片白色的东西。

"那是什么？"我有些好奇和不满，"不要直接塞口袋里呀，先给我看看。怎么我都不知道你在想什么，你在发呆吗？"

"羽毛。"他那样说，有一丝丝高兴。

"好。把这片羽毛给那个女孩看看，说不定会发生什么……哎，你别起来啊。"我看到他一副准备回家的样子，有些着急，这还没有触发什么情节呢，我的人物怎么能够就走了呢？

"你做很多事完全都没有目的吗？捡羽毛有什么意义？干吗就回家了？"

我的人物一直没有回答，直到他走到了车站，我有些控制不了他。他徘徊着，等回家的车。

半晌，他才说话："什么样的情节才能吸引你呢？所有和恋爱无关的事都没有意义吗？我们的追求很不一样啊，创造者。我有自己想做的事。"我不太明白他。

我的人物回家的车快要来了。

他把那根羽毛拿出来，对我说："没有哪个人的人生是非得注定的。你既想我自己创造故事，又不愿意给我自由。这样的人是死的，不能称之为人。这是给你的忠告，再见。"他展开右手，羽毛随着风飘起来。

上车的时候，他最后对我说："我从很早开始就不是你的人物了。我已经有名字了，我叫——"

"什么？"我听不见。他坐车走了；而我已经不能继续那个大脑中的对话了。

大概他不需要我给他创造情境了。他不是我的人物了。我不知道他的家在哪，因为我已经不在他的世界里了。

或许下一个人物，我要给他装上特殊的定位器。

至于那羽毛，连我也抓不住，还管它呢？

硬　币

何维霖

　　小马有个奇怪的爱好，总是随身带一枚硬币。

　　他不是什么收藏家，也不指望用硬币救急，他只是纠结加选择困难。

　　人从出生开始，就面临选择。他从出生开始，就面临选择困难。是头朝下顺位出生，还是头朝上逆位出生？这个问题他就想了许久，久到引起老妈难产，最后只能通过剖腹产的方式将他取出。折腾了半天，也没顺，也没逆，横着出来的。

　　长大之后，面对选择的时候就更多了。学文还是学理？本地还是外地？脸蛋还是身材？渐渐地，他学会了用抛硬币来决定一切。反正，结果好了，就皆大欢喜；结果不好，也可以说这是天意。

　　这天，女朋友找他出去约会。梳洗穿戴好之后，他想着一会儿估计又要选吃饭的餐厅，于是提前带上了那枚跟随他多年的硬币。没想到，过马路的时候，硬币仿佛突然长了腿一般，从他口袋逃了出来，骨碌碌地滚到马路上。他下意识低头去捡，却被疾驰而来的车子撞了个正着。长久的黑暗过后，小马慢慢醒来。令人惊异的是，他没有像想象中一样在医院的病床上醒来，而是站在一个四面都是白墙、空无一物的房间里。此时，他的面前站着一个身穿白大褂的人。

"你是医生吗？"他问道。不知为什么，他看不清面前人的长相。

那个人盯了他一会儿，然后幽幽地说："你已经死了。"

"什么！"小马无比震惊，"可我还这么年轻！还没享受人生。"

那个人没有理会他的话，而是接着说："现在判定你是进天堂还是下地狱。"

没想到还有天堂、地狱，原来神话故事里说的都是真的。小马想了一下，问："那，什么条件能进天堂呢？"他记得在埃及神话里，人死之后，心脏都要通过"审判之秤"测量，重量轻过羽毛的人即可走入来世，相反就会永不超生。这取决于你有没有一个纯净的灵魂。小马回想自己短暂的人生，觉得除了在做决定时犹豫不决之外，没做过任何亏心事，自己理应进入天堂。

此时，面前的人看了看他，从口袋里拿出一样东西，上面闪着金光。这道光吸引了小马的双眼，他定睛一看：这不是我掉的那枚硬币嘛！

"天堂还是地狱，将由丢硬币来决定。"那人说着，将硬币高高抛起，随着一道金光闪闪的弧线，硬币又回到了他的手中。

对他这一行为，小马觉得简直不可理喻："什么，你们这也太草率了吧！这么重要的事情就通过丢硬币来决定？"

"因为天堂的名额有限，只有一半的人可以去。你们人类也研究过，当丢硬币的次数足够多，概率就会趋于50%。所以，我认为这个方法很公平。另外，你不是什么事也都喜欢用硬币决定吗？"

说着，他慢慢打开了手掌。

"背面，这意味着你要去地狱了。"

说时迟那时快，黑暗如潮水一般涌来，很快就将小马吞没。他想说些什么，却发不出声音；他想逃离，却无力挣扎；就连面前的景象也渐渐被黑暗覆盖。在黑暗中，他的一生如走马灯一样闪过，他想了很多……

"嗡嗡——"小马的手机响了。这使他一下子从睡梦中惊醒。醒来之后，他发现自己的床单都被浸湿了。想到刚刚那个噩梦，他心有余悸。

他拿过手机一看，是女朋友的信息，提醒他今天约会的事。梳洗穿戴好之后，他想着一会儿估计又要选吃饭的餐厅，于是将手伸向桌上那个跟随了他多年的硬币。忽然，他似乎想到了什么一样，停止了动作。接着，他慢慢把手缩了回来，然后穿上外衣出了门。这是十几年来，他第一次不带硬币出门。

毕竟，总是对生活丢硬币，难保生活有一天不会把硬币丢回你脸上。

叶子的故事

叶 薇

雨下得很急。

整整下了一周。伴着雷鸣。

且不谈那几天有多忙。

书吧门口的风铃摇得过分，我便取了下来。

来的人熙熙攘攘，鞋子习惯性湿漉漉地踏入门口，一身的湿意被抖落下来，连同伞上似乎永远流不完的雨水。没位置坐的人们也习惯性点一杯饮品，在书架前踱着步子，时不时看向玻璃外。室内暖黄色的灯光使玻璃外的天色看起来不至于那么可怕。人们脸上有了些红润。

尽管书吧的一楼总是人头攒动，二楼却鲜少有人上去看看，上面的人也不多，只有周末才会被学生占领。大概因为楼梯口挂了一个大大的粉色牌子，上面有"楼上看书，禁止饮食，请勿喧哗，谢谢合作"的字样，因而二楼没有被雨水糟蹋得很过分。

人们更多时候喜欢在一楼待着。

自从书吧被我改造之后，生意就很好，因而我也不是很在乎我的书吧是否会因为这个粉色牌子而流失一些顾客。

很多时候，人们都不是来看书的。卖饮品赚的钱往往比卖书来得多。

下雨的这几天，书吧里的人很多。店里是允许避雨的，只要保持一定的安静。尽管很难想象这么多人的时候能保持有多安静，但我确实很少听到大声的喧哗。更多时候，雨声盖住了其他声音。

店里有很多活时，母亲会来帮忙。

我的先生偶尔也会光顾，一般是在周末的时候来。

大部分客人会点一杯廉价的饮料，等着外面的雨从哗哗啦啦到淅淅沥沥，或者看着雨滴凝在玻璃上了，才慢慢踱出门口。当然，一些是匆匆出了门的——那是单单避雨而不买些什么的人。

"小奶包"做的饮品甜点，这样看来，似乎颇受欢迎，毕竟她这时经常忙不过来。被我叫作"小奶包"的，是位姑娘，很会做咖啡拉花。除了拉花，她也会做糕点。我很喜欢她做的抹茶慕斯。

可惜她现在太忙了，我暂时没有这个口福，又不懂如何帮她做料理，于是就坐在柜台前，手里拿着我的先生推荐的那本有关心理学的书，时不时抬眼看看书吧里渐多的客人。

阿布绕过人群，端着餐盘走到靠门口的小圆桌前，把一杯水果茶放在了桌上，又匆匆走向另一桌。

桌旁坐着的一个小女孩顺手拿起杯子，一面看书，一面用吸管吸着饮料，偶尔抬头看看她对面的大叔，眼里有些不悦。

我注意到，那位中年大叔已经坐在那一桌有一个下午了，和他对面尚小的女孩一起。他面前摊开着一本店里的书，但他的眼睛总是时不时瞟到他的手机上。

本来他完全没有吸引我注意力的任何理由。因为这样的中年大叔实在是太多了，非要说有什么特别的地方，或许是他没有戴耳机或者蓝牙吧。

他听音乐开了外放，在书吧里。

大概是在看小视频，我想。来书吧里的人，手机屏幕亮着的基本上都是在放视频，不过都是默然无声的。我的意思是，他们都戴着耳机。

传来的音乐已经烂大街了。尽管他有些慌张地关上了声音，我还是放下书，走过去提醒他要保持安静。对面那位小女孩或许是他的女儿，本已因为手机的声音从图画书里抬起头来，看着那位大叔，见我提醒了他，便越发不满地盯着他。我正要走回柜台时，听见一个稚嫩的声音小声地说："爸爸，我也要玩手机。你都没在看书……"

然后是哗然的雨声，盖过了后面的谈话，雨又大了。

我停在了柜台边，用指尖胡乱地敲了敲桌面。

其实我有些难过。

社会上不知道什么时候有了这样的风气，来的人手里都捧着手机，目不转睛，唯一抬起头的工夫，就是点饮料的时候。最使我不能接受的，是他们总是格外注意没有营养的东西，包括在我眼里很无趣的笑料。

刚开书吧那会儿，人们还是很热衷于看书的，纸质的书。现在早流行了电子书，但这也并不影响人们来书吧，甚至越来越多的人喜欢聚在书吧里，待上半天。他们中的大部分盯着的从来都不是书。

不过在规矩内，我并没有限制他们做些什么，我没那个闲情。反正他们也没有碍着我。我只是觉得生活在一个这样的环境里，是使人悲哀而无端地生出恼火来的。

但是好像又没有什么办法，我不想脱离城市人这个群体。

那天，大雨过后，天气总算有了些许放晴的模样，但还有不少云彩缓缓晃荡着。我记得我才刚把门口的风铃重新挂回去，空气还有着湿润的气息。就差不多这时，我第一次对独秀先生有了少许印象。

店里总算少了许多"不必要"的客人，因为天晴了。我关上门，刚走回到柜台前，正要看书，门口的风铃就响了，我习惯性地瞥了一眼。

一位女士拄着红色的长柄伞推开了门。我记不得她穿的是什么，总之，看样子，她已经在门口驻足一会了。会有人去招呼那位女士的，我想。于是，我打算低下头继续看书。

不过，她好像走上了二楼，看样子倒不像个学生。

我埋头继续看书。

其实在她造访的这天前，她已来过许多次，而且偶尔有位先生和她一起来。她第一次来我店里，似乎是为了避雨，也就是前一周的时候。从此，她就常常来了；但是她似乎没怎么和我说过话，只和阿布有些熟。收钱时，我也好像没有留意到她。这都是后话了，阿布后来和我说的，我对她很陌生。

阿布呢，是我当时的店员兼朋友，可惜现在辞职了，一个很年轻的小伙子，只读到高中，但是很得力，记性也好极了。我有点不明白他为什么考不上大学。

在最忙的时候，我只需要打杂的，而阿布能承包除了料理以外的活。

阿布在店里比较空闲的时候，会和客人们待在"艺术家们"那个角落聊上几句，或者看看店里的书，他很喜欢那个位置。

我对"艺术家们"的设计也很满意。那是与阅读座位划分开的地方。

我想了想，已经翻过了书的几页。我对里面的有些概念不大懂，这时我倒是想念起我的先生来了，他肯定能给我讲清楚的。

我一直对心理学很感兴趣，只是读大学没选这专业；但我对心理学的好奇依然得到了满足，因为我遇到了我的先生。

这是一件很幸福的事。

胡思乱想着，过了许久，我隐约感觉有人站在我面前，便抬起头，发现是拿红色长柄伞的那位女士。那位女士对我笑了笑，说："你好。你是老板吗？"

　　我回答了她，斜眼看到，雨又下了起来，天有些朦。我本以为天已是完全晴的了。

　　她又问我："请问您认识叶子吗？我是她高中同学。"她转而去摆弄她的长柄伞。

　　"谁？"

　　她抬起头，看了我一眼，重复道："叶子。就是树叶的那个叶子。"

　　我想了想，一瞬间忽然想起和"叶子"有关的事。我所认识的叶子是我初中的第一个朋友，我与她关系很好，高中的时候也还经常来往，但毕业后我忙着各种事，不知不觉就失去了联系。我总希望能再找到她，但是没有办法，后来就渐渐放弃了。

　　"我们所知道的叶子是同一个人吗？"我笑了，对她说，心里有少许期待。

　　她抿了下嘴，又像忽然想起什么似的，在手机上滑了一会儿。

　　"你知道这个吗？你是和叶子一起画这张画的人吧？"那位女士终于翻出了一张照片给我看。

　　我认出来，照片中是我和叶子初中时一起画的小插画，大概也是我画过的最好看的画了。

　　"当然。"于是，我回答她。

　　所以，我得到了叶子的联系方式。正要再细问的时候，那位女士接了个电话，便以微笑示意抱歉，匆匆地走了。

我是个假人

包欣迪

　　我可能是个假人。这是我最近才意识到的，这个念头如同一颗种子在心中扎根，在我的心里挥之不去。

　　我从小就意识到我与他人的不一样，在别的小朋友还沉迷于捉迷藏躲猫猫时，我对玩乐没有半点儿兴趣；可是为了合群，我只得压下自己心中的想法，强迫自己与他们打成一片。我感觉不到他人的某些情感，但我观察他人的神色尽力模仿，也没有人发现。每当我将手放在胸前，我感受不到自己心脏的跳动，尽管大脑告诉我，一切器官都在正常地运转。

　　出于我的私心，我要谈谈我的家庭。我没有爸爸，我的妈妈总是穿着白大褂，戴着眼镜，扎着对于她那个年纪的女人来说过于显老的垂马尾。她在一家科研机构工作，平时很难见上一面，但在假期总是她陪着我，陪我聊天。我向她表达无法辨认他人表情的困扰。她只是笑笑："其实，别的小朋友也都是这样的。你不要去跟他们说，这样不礼貌，其实这不是什么严重的问题，我努力一下……"后半句话被她咽了回去。她总是无微不至地照料我，如同其他小朋友的母亲一样。她很爱我，如同我爱她。她除了常常不归家外，只有一个缺点，她总是说话说到一半就停下，但我也没有太在意。

有一天，我躺在床上整理着纷乱的思绪。我注意到她偷偷溜入我的房间，我只好装睡。她轻轻摩挲我背部的皮肤，将一个硬盘状的物品挤进去。这时我才知道，我背部皮肤下有一个硬盘的接孔。这是其他小朋友都没有的。

我忽然觉得毛骨悚然，仔细想想，妈妈平时看我的眼神不像看一个孩子，更像是在欣赏一件艺术品。她的眼中流露出的满意神色，是不能完全理解情感的我也能看出来的。

唯一可能的解释就是，我是个假人。可我为什么是个假人？如果真的是的话，作为假人的我又是为何而诞生？

我再也无法按捺住自己的好奇心，去问妈妈这个问题。

我为什么感受不到心脏的跳动呢？我问，她只是笑着探了探我的心口，又摸了摸我的额头："傻孩子，说什么呢，发烧了吗？可是感觉体温很正常。"

我又问她："为什么我背后的接口其他小朋友都没有呢？"她标志性的笑容终于变了："你的背后有什么插孔？"

我应道："就是你插入硬盘的那个插孔啊？"她皱起眉，露出了一种复杂的神色，桌面下的双手也微微握拳。

她长叹一口气："看来只能对你全盘托出了，你其实是一个失败品，一个本该被销毁的仿人类机器人。明明很迟钝，反应很慢，计算不了太过复杂的问题，也干不了家政，反而因为这样更像人类的小孩，我不忍心看见自己的研究成果被销毁，就把你带回来了。"

她释然地笑着："也许是对你抱有类似母亲的情感吧，平时有个人能陪着我聊聊天也挺好。"倒不如说是早就预料到了，我并没有太过惊愕。"那个硬盘究竟是干什么用的呢？""清理缓存。"她点点桌面："好了，都说完啦。"像是变魔法一般，她拿出黑色的硬盘："那现在只好清空你的记忆啦。毕竟，你还要继续扮演我的孩子。"

在失去意识与记忆的前一秒，说来也可笑，残留在脑海里的最后一个想法是：我原来真的是个假人。

乘客 5845

唐心儿

一

"呼——吸——呼——吸——，怎么样，好点了吗？"

女孩紧闭着眼睛躺在床上。

几分钟前，她刚刚从本体转变成了自己的易怒人格，母亲正在帮她找回本体。

大约过了五分钟的样子，女孩睁开眼睛："妈，我是不是又……"

母亲揉揉眼睛，踱到沙发前："嗯……还是去看看吧，感觉这频率比以前又快了。你一激动又指不定会做出什么伤害人的事情来……"

她看着地上散乱着的被另一个自己打碎的东西，有那么一瞬间觉得这可笑极了。她想起了影响自己十几年的经历：她没有关于父亲的任何印象，自打来到这个世界，都是和母亲辗转在各大城市生活。母亲带着她给人家做钟点工，很不受待见。小的时候，她经常转学，总是受到新同学的欺负和嘲笑。她们说她是个没爸爸的孩子，没人会喜欢一个连自己的爸爸都不喜欢的孩子。

起初，她也甘心做别人的笑柄，她觉得有一天她们肯定不会再愿意针对她，可是她错了，她们越发得寸进尺，甚至有好几次都想置她于死地。幼小的心灵终于承受不住这种非人的折磨，就在高一的那年，她用美工刀割破了把她的洗脸毛巾当洗脚布的舍友的手腕。

也就是从那时起，她终于学会了反抗。忍耐的极限被戳破之后，她变得易怒，从此也多了一个报复心极强的人格。

不过，在第二人格控制下的自己，通常使用的都是极血腥的报复手段。

为了不让自己的第二人格使用这些手段，她开始学习防身术和其他格斗技巧。这一切，都是为了能让自己再也不受欺负。

二

"已接单，现在从 ×× 花园出发前往 ×× 医院。"

女孩准备求医，控制自己可怕的第二人格。

"路上小心啊，姑娘！有事给妈打电话。最近顺风车出事可多了，注意安全啊。"

"妈，我怕啥！要是真有司机想对我下手的话，我的第二人格会把他杀了的。"嘴上这么说着，但她还是在鞋柜上抓了一瓶防狼喷雾放在包里，一边穿鞋一边回答道。当然了，这是句玩笑话。

上车后，女孩从后视镜里打量了司机一番。司机文质彬彬的，戴一副黑框眼镜，领带打得几近完美，副驾驶上放着皮质公文包，上面有个文件袋，里面装着一些纸和一张名片。

看样子是个企业高管，女孩心想，不像是那种会对人图谋不轨、先奸后杀，然后再弃尸的丧心病狂。

"麻烦系好安全带。××医院是吗？"司机开口说话了，"听说这家医院是针对人格分裂的症状，小姐是要去咨询吗？"他用的是一种渴望听到答案的语气，就像在问女孩是不是有人格分裂的症状一样。

"就是去检查一下，以前的一些经历对我的刺激还是比较大的，只是去看看，预防一下罢了。"

"人格分裂，我倒是了解一些，行为的差异无法以常人在不同场合、不同角色的不同行为来解释，就像是完全不同的人。"他开始讲起来，"新人格的特质往往与原来的相当不同。小姐，我看你安安静静的，要是你人格分裂啊，我觉得你会特别暴躁。"

"你知道的还挺多。"女孩感到奇怪，一个顺风车司机竟然能如此准确地说出自己正在经历的一切，让她实在心慌。被他说中了。确实，她的第二人格相当暴躁；可是，他看起来和人格分裂一点儿也沾不上边。

"我也不过是看过几本书，分裂的本质不过是重新塑造一层保护自己的盔甲罢了。"

他说这话时，女孩一直盯着后视镜，他说完话后把目光投向后视镜里的那双眼睛。四目相对了好一会之后，她才把视线移开，扭头看向窗外。

这时距离她上车已经有 10 分钟了。

司机打开了收音机，她从包里翻出耳机开始听起音乐来，接下来的 10 分钟内，他们都没有交谈。

三

"我们这是在哪？"

耳机里的音乐停了，女孩重新点开音乐后划到了地图，她发现这条路并不是到医院的路。就在几分钟前，司机在一个岔路口选错了方向。

"先生，你是不是在上一个路口走错方向了？"

司机还是照着自己选定的路开着车，不过他的眼神有点儿奇怪，眼睛瞪得大大的，像是充满了怒火。他紧握着方向盘，在调头的时候手臂转了好大一圈，车轮和地面发出刺耳的摩擦声，怪吓人的。女孩感觉自己就像坐上了一部正在拍摄美国大片的特技车。

"喂！先生！我说我们在哪？"

那一瞬间，他眼神里的那种愤怒一下子就消失了，紧皱的眉头也松弛下来。就像是被女孩的一番质问唤醒了一样，他挠挠头，看了看表。

"20分钟！"

他惊呼道。

"什么20分钟？"

女孩越发觉得他可疑。

"哦……没……没什么，我的意思是，还有20分钟我就要迟到了。"他结巴极了，就像一个被抓住了小辫子的小孩，满脸通红，"刚才我没注意看导航，绕了远路，实在不好意思啊，小姑娘。"

女孩警惕的心这才稍稍放松下来，心里终于好受了些，可总有一种隐隐的不安感向她袭来。她也说不清楚到底是哪里出了问题，直觉告诉她今天怪怪的。

之后的路走得还算顺畅，不过也就是司机两次向她确认了目的地，每次的眼神都很奇怪。

可能他事情太多，记性不好吧。女孩想，也可能就是他记忆方面有缺陷呢。自己这么想想也算是说得过去，除了觉得有点儿麻烦之外，她也就没在意了。

四

电话响了，是司机的手机。一接通，他不小心按到了免提。

"想好了，真要辞职啊，兄弟？"

"嗯。我觉得我不太适合这一行了。"

"你想明白就行，哥几个在帮你收东西呢，等会你上来拿完就走？"

"谢了，找时间我们再聚。"

"你这抽屉里怎么还放着……唉，我可听说了啊，嘴碎的那几个都这么猜……你辞职不会是你也……"

他没等那头说完就挂断了电话，往后视镜里看了看，生怕女孩听出什么端倪来。不过还好，女孩低头玩着手机，显然没有注意到他刚才的那通电话都讲了什么。

这时离女孩上车有一个小时了。

突然，一个急刹车，女孩感觉到自己的身子猛地向前一倾，这才把目光从手机上移开向四周看看。

"你先走吧。"司机摇下车窗，他把手伸出去朝着人行道上像是在比划着什么。

"您在比划什么呢？"

"前面有个小孩在过马路呢，就在我们正前方。你看，他就在那！"司机向前指了指。

可是路上空无一人。女孩反复确认了好几遍，视线向不同方向望去，人行道上连个人影都见不着。

"可是真的没有人啊……"她开始发怵了，到底是谁的视觉出了问题。

又过了 20 分钟。"您的目的地是哪？"他开口了。

女孩终于忍不住了："要我再说多少遍啊？你就不能认真记一下

吗？你记性不会差到连 20 分钟之前告诉你的事情都会忘记吧！一个司机连目的地都记不住还开什么车！"

可是这次，司机眼神里的愤怒没有消失，相反，它变得更加明显。他停车了，从公文包里翻出一把医用手术刀片，解开安全带就要向女孩捅去。女孩被激怒了，第二人格在那一瞬间取代了本体的位置，抓起自己随身携带的防狼喷雾对着他就是一顿狂喷。司机手里的刀片掉了下来，女孩用她掌握的防身术护住了自己也顺势擒住了司机，并朝他肚子猛踢了一脚。

"我们……这是在哪……"

司机用虚弱的声音问。

"在哪？在一个你想不到你会死的地方！"女孩更生气了，第二人格发挥到了极致，她大叫着将刀片插入了司机的眼睛。伴随着惨叫和咆哮，几分钟后车内恢复了死一般的沉寂。

五

司机的手机又响了，女孩接通了电话。

"你抽屉里怎么有一盒奋乃静啊，都吃了一半了，你不会真人格分裂了吧？这些药你要等会带走吗？"

"还有，你怎么还没来呀？昨天有个女孩预约了你的号看人格分裂。我想着你要辞职了，就想等会儿给她打个电话帮她换个医生，我得先跟你说一声……"

"说是有暴躁的第二人格，受到外界危险刺激会用极血腥的手段对其施暴者实施报复。简单来说，你要是想杀她，最后死掉的人会是你自己……"

"喂，喂……怎么一直不说话……你要是没意见，我就告诉她了？"

"嘟嘟嘟……"

手机里不再传出声音。

她愣住了。

电话里说的女孩怎么这么像自己呢?

电话里提到的女孩是自己吗?

不……不!不可以!不能是自己……不能啊……

几分钟后,女孩的手机铃声响了:"小姐您好,您昨天预约的医生因为家中有事无法给您治疗,这边方便换一位医生吗……"

电话还没挂,她呆住了,不知道接下来该怎么办。身边的司机,哦不,是自己的医生被自己戳瞎了眼睛陷入昏迷,第二人格还迟迟不肯把位置给本体让出来。

她注意到了副驾驶上的文件袋,她拿出那张 A4 纸,发现是一张诊断书。

最后一行写着:确诊为多重人格症,且每 20 分钟会变换人格,虽目前尚未出现伤害他人现象,但也不建议继续参加社会活动。

患者有如下症状:记忆力衰退,就一问题重复提问。不寻常的知觉体验,如幻觉、看见不存在的人。

她继续拿出第二张纸,是一封辞职信,第一段写道:敬爱的院长和亲爱的同事们,由于工作影响和个人原因,我也饱受人格分裂的困扰,不能继续担任医生一职,望大家谅解。

女孩沾满鲜血的双手颤抖个不停。

她这才明白,原来他们都一样。

女孩整个人瘫在座位上。

"对不起,我是 5845。"

"我,不是我。"

六

"接单成功，现在前去接尾号为 5845 的乘客。"

他长舒一口气。

他做了一个决定，准备辞职。在去递辞呈的路上，他想顺便接一名乘客。刚好尾号 5845 的人要去的地方就是他工作的那家医院。

拨通号码后，电话那头传来的是一名年轻女子的声音，听上去不过 20 岁出头的样子。

他实在想不明白，为什么这个女孩要去找看人格分裂的医生。

但我敢保证，他更不明白的是将在接下来的几个小时内会发生的所有事情。

干尸少女

朱镜颖

　　失去了水分的躯体安静地躺在玻璃展柜里，干瘪的，没有一点儿脂肪填充，在一层薄薄的皮肤包裹下的凸起的骨头，似乎比沟壑纵横的黄土高原还要惊心动魄。

　　这是小艾在吐鲁番古墓里看到的干尸。那惨烈的景象吓得她后退了几步，赶紧拉着妈妈离开了墓穴。

一

　　小艾站在镜子前细细地看着自己：滚圆的脸蛋，粗壮的手臂，快撑破衣服的肚腩，还有和橡树干一般粗的腿。她叹了口气。昨天她少吃了一根鸡腿和一碟煎羊排，可是她丝毫也没瘦下来。

　　"艾啊，别看了，走吧，该上学了。"妈妈的声音从远处传来，小艾有点闷闷不乐，她拉了拉紧绷绷的衣服，背上书包出了家门。

　　小艾是个很开朗的女孩，自来熟，人也善良，看见谁有困难都会去帮一把。初中班里的同学都很喜欢她，什么好玩的好吃的都会和她分享，有谁笑话她胖时总有几个人上前去反击。她们总是亲切地叫她"大团子"，把她当成"团宠"。对于自身的缺陷，小艾其实也是很不自信的；但每次看到朋友、同学善意的微笑，那点儿小小的不快便不翼而飞了。

可是，上了高中，似乎一切都变了。自我介绍时，她刚说完"以后大家可以叫我'大团子'"，台下就响起了笑声，还有稀稀拉拉的几句："还'大团子'呢，怎么不干脆叫大胖子呢……"小艾听见后什么也没说，撇了撇嘴，把伤心咽回了肚子里。

发新书的时候，一个瘦弱的女孩没拿好书，崭新的书籍劈头盖脸地砸下来，女孩的手腕多了个血口。小艾看见了连忙上前去，刚握住女孩的手腕想给她简单处理一下，女孩就尖声大喊起来，用力拍掉了小艾的手，还急忙跑去洗手间洗手。

"不要用你的肥猪手来碰我！"回家的路上，小艾的心里全是这一句话，赤裸裸的，锋利的，不留情面的，她感觉自己的心上被开了个口子，鲜血正在喷涌而出。她以前也不是没有遭到过这样的辱骂和嫌弃，可她的好朋友总会在第一时间站出来帮她、安慰她。想到以前朋友们义愤填膺和担忧的模样，小艾只感觉心上的伤口裂开得更大了。

很久以前的想法不禁又回到了她的脑中：我胖是不是真的是我的错，是不是没有人会理一个丑陋的胖子……

回到家时，妈妈已经做好饭了。很丰盛的晚餐，鲜嫩肥美的手撕鸡肉，酱汁四溢的牛排，还有加了大半块芝士和黄油的炒鸡蛋……都是小艾爱吃的。妈妈把最后一盘菜端上桌子，搓搓手擦了个汗，很满意地看着一桌丰盛的美食。

小艾犹豫了，她的肚子在咕咕地叫个不停，食物的香气让她几乎要昏迷，可她不能再吃了。小艾磨磨蹭蹭地坐下，几次拿起筷子想夹肉吃，最终还是缩回了手。妈妈发觉了小艾的异样，亲切地夹了块鸡肉给她。小艾哭丧着脸犹豫了很久，还是没动那块肉。她慢慢地把筷子放下，低头小声说："妈，我想减肥……"

妈妈愣了一下，眼神不经意地看了眼满桌的饭菜；但她马上调整回来，询问女儿学校是不是发生了什么。小艾知道妈妈一个人做这么丰盛的一餐真的很辛苦，自从爸妈离婚后，妈妈一个人用瘦弱的双手撑起了这个家，一直在极力做得更好来满足自己唯一的女儿。小艾的犹豫又多了一层——她不想伤了妈妈的心。斗争了一小会儿，她抬起头来，脸上是妈妈熟悉的微笑。她大口吃掉了那块肉："没事，妈妈您别担心，学校很好，同学们也都很热情的……"

二

开学没多久，班主任就重新安排了座位表。小艾终于有了同桌。刚开始的那几周是自由选择同桌，由于班里人数正好是单数，小艾便单了出来。她不知道为什么最后选择的那个女孩子宁愿选择一个患有皮肤传染疾病的男生也没选自己。小艾苦笑，可能是因为自己太胖了吧。

新同桌是个叫阿承的男孩子，班里的体委，人长得很高，还挺帅，性格也很好，开朗大方，不拘小节，班里需要做苦力活时，他都会挺身而出。

小艾打从心底喜欢这个新同桌，不仅仅是因为他帅气、阳光、热心，还因为他是唯一没有对小艾表现出厌恶之情的人，甚至对小艾客客气气的，走廊上碰见还会微笑着打招呼。小艾找回了点儿自信，渐渐开始和阿承一起做一些帮助班级的事。

"谁能帮忙去总务处取一下大扫除需要用的工具？"是劳动委员菊子在叫。菊子就是上次拍开小艾手的女孩。后来，小艾仔细观察过她，她是个很漂亮、精致的女孩，特别瘦，腰杆还没小艾的大腿粗。考虑到瘦弱的菊子完全不可能把劳动工具取回来，小艾从座位上站了起来——

"我来帮你。"

"我去吧。"

两道声音几乎同时响起，全班人的目光都投了过来，看着这两个有草鸡和凤凰之差的人，目光里渐渐带上了鄙夷和不屑。小艾抬头看了眼几乎和她同时间站起来的阿承。阿承没有看她，阿承看着菊子，菊子也看着阿承。

班里一时有点儿安静，空气仿佛都凝固了。菊子又看了眼小艾，眼里的鄙夷又多了一分，她对着小艾翻了个白眼，刻薄地开口："我还不需要一头肥猪来帮我！"说完，便拉着阿承的手臂走了，临走前还狠狠地瞪了小艾两眼。

小艾差点没忍住眼眶里的眼泪。全班人都在看她，走廊外甚至也聚集了一群看热闹的人，他们都津津有味地像看戏一样戏谑地看着她，看到她的无地自容就兴奋离去了，又多了一个茶余饭后取乐的话题，他们急不可耐地要去和小伙伴们分享。

小艾最后还是没哭，当众哭出来只会让她更难堪。她低着头走出人群包围圈，一路走到厕所，关上隔间门，眼泪如爆发一般喷涌而出。

晚上回到家，饭菜和以往一样已经做好了，妈妈在餐桌旁擦汗，把自己的疲惫藏起来。小艾坐下后一句话没说闷头吃饭，她避开了所有的肉食，把它们堆在盘子的边缘，先把米饭和少量的青菜吃了，然后趁着妈妈洗碗的工夫，把盘子里的肉倒进了厕所。

按下冲水键的时候，小艾的手都在抖，她在心里默念了很多遍"对不起"，拎着空荡荡的盘子回到了饭桌。

三

小艾有个不能让别人知道的想法，她喜欢同桌阿承。这是个禁忌，她知道说出来别人只会放肆地嘲讽她"癞蛤蟆想吃天鹅肉"，更坏的结果是连阿承也会觉得恶心，然后不再理她。于是，她只能把这一切写在手账本上，每天写一两句，贴上精致的贴纸，画些装饰物，本子做得漂漂亮亮的，似乎这样，阿承便能感觉到什么。

小艾知道班里还有很多女生也喜欢阿承，菊子就是其中之一。每次菊子看向阿承，热烈的目光都可以把空气烧出个洞来；阿承打篮球时，喊得最大声的也往往是她；她还会故意找些活来请阿承帮忙，好和他有更多的独处时间。菊子很自信，不仅仅对自己的长相自信，她最自信的还是她的身材，那不盈一握的纤腰在阿承面前总是扭得很夸张。

这也是为什么小艾不敢透露自己爱慕之心的重要原因之一，菊子要是知道她居然敢喜欢自己的男神，又不知道有什么难听的话要骂出口了。

小艾唯一能做的就是拼命减肥。早上只吃半个鸡蛋，中午不吃，晚上吃点米饭和青菜，饿了就喝水。把饭菜倒入厕所的行为，小艾做起来再也不会手抖了，她有时候还会有种成就感：今天又少吃了那么多肉呢！

一个艳阳天，小艾看着晴朗的天空心情更好了。今天早上出门前，她像往常一样站在镜子前仔细打量自己：她瘦了一点儿，手臂和大腿没那么粗壮了，肚子似乎也小了一点儿，除了脸上的肉没怎么消，其他部位似乎都瘦下去一点儿。她迫不及待地去学校校医室称了体重，89千克，瘦了3千克。小艾感觉全世界都在为她喝彩，树上的鸟儿叫得似乎更欢了，连聒噪的蝉鸣也像是庆典的序曲。

由于去了趟校医室，来到班级的时候，作业已经基本收齐了，就剩下小艾的还没收。见小艾迟迟不来，语文课代表只好捏着两根手指翻找她的柜桶，翻着翻着，一本精致的小本子掉了出来，那本子在空中打了个转，翻到某一页掉落在了地板上。

语文课代表好奇心大发，捏起本子大声念了起来。

"今天是喜欢阿承的第100天，他依旧是那么温柔热情，'大团子'也要努力一点变瘦，再努力一点呀，你会成为配得上他的人的。'团子'，加油！"

"啊哈哈哈哈哈！这是什么鬼？啊哈哈哈哈哈……"刚念完，语文课代表就笑倒在了地上，"那个胖子居然喜欢我们承哥，啊哈哈哈哈哈……承哥，你艳福不浅哦！"

全班都在一瞬间炸开了，有嘲笑的，有叫骂的。故事的另一个主人公阿承坐在位子上，低着头，面色不太好。

这时，菊子忽然从座位上冲了过来，愤怒地夺过语文课代表手里的本子，狠狠地摔进了垃圾桶。她反常地一句话也没说，只是喘着粗气，眼眶通红地踢翻了小艾的书桌。

小艾进班的时候看到的就是这一幕：书桌倒了下去，一柜桶的书都散落在了地下。小艾心里一紧，心想得赶紧把书收拾好，要是那个本子被菊子看到了，不知道会闹出什么风波来。她冲过去快速把书收好，可是收了半天就是没看到自己的手账本。疑惑焦急之中，她听见一个冷冰冰的声音从上面传来：

"你在找你的手账本吗？不好意思，它已经被我扔进垃圾桶了，那种污秽的东西必须马上处理掉。"

小艾急了，她赶忙跑到垃圾桶边上把自己的宝贝从污水里捞出来。可是晚了一步，上面的字迹已经被水晕染开，一片模糊，什么也看不见，不知道是晕染的速度太快，还是泪水遮住了小艾的视线。

我曾经有过一个小说人物 ●●●

完了，什么都没了。那一瞬间，小艾有种天塌下来的感觉。她急忙抬头去看阿承，希望能从他眼里看见一丝温暖、一丝鼓励、一丝原谅——阿承是她一直以来唯一的精神支柱，她希望能从阿承那里得到一丝的安慰。然而，这一眼让小艾的心猛地一下砸到了谷底，她甚至听到了心脏一片一片碎裂的声音。

阿承的眼里有一丝转瞬即逝的嫌弃。虽然只是一丝，虽然转瞬即逝，可小艾还是清晰地看见了。那丝嫌弃的情绪在她的眼里不断放大，放大，再放大。她产生了幻觉——她听见了阿承的声音，阿承在对她说，你能不能不要恶心我……

上课铃不适时地响了。

小艾冲出了教室。

四

这是小艾第一次逃课，成绩一直排在年级前十名的她从来没想过自己有一天也会逃课。

小艾在街上走着，路过一家药店，犹豫了一小会儿进去了。药店的阿姨很精明，一看到小艾似乎就看透了她的心思，连忙热情地拉着她来到一排货架前。小艾抬起头来看着那一排一排五花八门的药，上面不是写着"快速减肥"，就是画着好看的纤腰、细腿。

"哎，小朋友是要减肥吧？这一款瘦身贴很适合学生的。平时贴在肚子和大腿上就可以，丝毫不会影响到日常活动的，还会感觉热热的，不用运动也可以减肥哟。要不要试一下？"阿姨满脸堆笑地取下瘦身贴递给小艾。小艾接过来看了好几眼，还是放回了货架上。

阿姨前前后后给小艾介绍了不下 20 种减肥产品。小艾看在眼里却什么也没说，手里的钱包给她攥得都变形了。

阿姨废了半天的口舌，累得只想坐下来大口喝水，可见小艾还在犹豫，她稍稍有点生气地打量小艾："小朋友，你到底买不买？看你这么肥的身子，啧啧，不吃药根本减不下来的。懂吗？"

　　小艾被戳了痛处，心又开始隐隐作痛。这年头，连售货员都要欺负胖子了吗？她缓缓吐了口气，接连取下三款药，付了一张百元钞票，没等找零钱就走了。

　　晚上回到家，妈妈没坐在饭桌前，而是在客厅里徘徊着。一见到小艾，她马上冲了过来抱住她。今天老师和她联系说没见到小艾去上课，她赶忙出门去找，找了大半圈也没找到小艾。她不知道自己的女儿除了学校还会去哪里，饭店、奶茶店、咖啡厅都不可能，小艾也不喜欢游乐园，那些鱼龙混杂的地方就更不可能了。毕竟，自己的女儿那么乖，平时都是家校来回一线，其他地方从来没去过。

　　小艾妈妈抱了小艾好一会儿才放开她，仔仔细细地打量了她一番，看着她毫发无伤、健健康康回来了，就舒了口气，破涕为笑。

　　"回来就好，回来就好……"

　　小艾抬起头看着妈妈，勉强挤了个微笑出来。妈妈没发现什么异样，赶忙把晚餐从厨房里端出来，欣慰地看着女儿吃饭。小艾抵不过妈妈热烈的目光，夹了一根青菜，小鸡啄米一样地吃了起来。其实，她连一粒米都不想吃的，要不是妈妈看着她，她早就……

　　小艾妈妈看了一会儿，便像往常一样收拾厨房去了，给小艾做的饭她一般都不吃，她只吃点青菜汤和水果。她想，这样女儿才能吃得更多一点儿，能更健康一点儿。

　　小艾见妈妈离开了，赶忙端起盘子跑到厕所，一股脑地把泛着油光的狮子头、热气腾腾的排骨，还有色香味俱全的煎黄花鱼连同米饭和那根吃了一半的青菜一齐倒进了厕所。她笑了笑，有种疲惫不堪的愉悦。

她刚按下冲水键，身后忽然传来了不可置信的声音。

"艾，你在干什么啊？你、你怎么把菜都倒了？你不饿吗……"

从开始这样做的那一天，小艾就料想到了这样的场面。她本以为自己会很难过、很慌张、很不知所措，很对不起自己的妈妈；可奇怪的是，她那一瞬间什么感觉都没有。小艾缓缓地回过身，低下头，那句并不是真心想说的"对不起"在嘴边徘徊了很久还是没有说出口。

毕竟，把自己喂得像头猪一样那么胖的人就是自己的妈妈嘛，小艾这么想着。

五

那一晚，小艾和妈妈闹崩了。她痛痛快快地和妈妈大吵了一架，指责她不应该像喂猪一样喂自己。这是她原来想也不敢想的事。妈妈听到这句话全身剧烈地颤抖了一下，眼眶瞬间红了，她没再说什么，低着头走出了小艾的房间。

小艾看到妈妈哭又心软了，连忙追出去和妈妈说"对不起"。她抱住妈妈，想了个万全之策。她说："妈妈，以后你不用给我做饭了，我会自己吃的。"妈妈从她怀里挣出来，看了她很久很久，还是什么也没说，点了点头，擦了擦脸上的泪水，叫小艾回房写作业。

小艾没胆子回学校了，于是跟学校申请了半年的假，自己在家学习。从此之后，小艾就开始了全面的节食生活。早中晚只一杯水，几根青菜加一口饭，起床后的第一件事情是吃减肥胶囊，睡前喝一大杯排毒素的药，每天从早到晚瘦身贴都不离身。虽然她渐渐感觉四肢无力，头昏脑涨，眼前也经常突然发黑，她依旧很开心。现在她最喜欢的事就是看镜子里的自己，每天每天都看。她看着自己从膀大腰圆的胖子一点一点现出了纤腰、细腿、瓜子脸，她就开心得连睡觉时都合不拢嘴。

大剂量的减肥药让她在短短两个月瘦了 20 多千克，她不再有什么减肥药伤身体之类的担忧，反而每周都会去药店进一批药。虽然吃了药后，她每天都肚子痛要去厕所蹲上几个小时的坑，每天都会难受得吐酸水，但她觉得很值。特别是当她再一次站在体重秤上看见上面鲜红的 52 千克时，她简直想围着客厅跑上几圈，要不是她根本没力气跑的话。

小艾给自己打着气，她想，等半年过去了，她一定要回学校吓那些鄙视她的人一大跳。她要让菊子看看自己也是可以瘦下来的，她更要让阿承知道自己配得上他，自己不是恶心的肥猪。

小艾知道，妈妈每天看着自己都会偷偷地抹眼泪，每次看着自己照镜子、称体重都会悄悄地避开，独自一人悲伤。妈妈不会再说她什么，她知道是因为妈妈被她那一句"要不是你像喂猪一样喂我，我怎么可能那么胖"和后来她强硬地不需要妈妈管她的态度伤得没勇气再说什么做什么了。她偶尔会觉得，这样做太对不起妈妈了，可不一会儿这点小小的担忧便会被又瘦了的巨大愉悦给冲没。

半年也没有想象中的那么长。回学校的那天早上，小艾特地去称了体重，43 千克，很好！她带着满脸的笑容，拖着沉重的脚步，"轻快"地向学校走去。

进班前，小艾仔细整了整衣服以更好显示出她的纤腰、细腿、瘦胳膊。她喊了声"报告"，老师没听见，倒是前排的同学开小差看见了她。那同学立马被吓清醒了，赶忙叫其他人向门口看去。那些同学好奇地移过目光，脸上都现出震惊且不可思议的表情。台下的小骚动影响到了老师上课，老师皱了皱眉头，顺着同学们的目光看去，看到小艾的一瞬间没控制住，不禁"嗬哟"大喊了一声。这一回，全班人都看到小艾了。那些鄙夷过她的人，菊子，还有阿承，脸上全是不可置信的表情。

老师首先回过神来，让小艾进了班，拍了拍戒尺整顿纪律，继续上课。小艾坐下后，心里的巨大喜悦才在脸上猛地显示出来。刚刚她为了保持泰然自若、理所应当的表情可花费了不少功夫。小艾悄悄地斜眼看了看阿承，感受到他的震惊，小艾的笑容便更大了。她喜滋滋地转身从书包里掏出书本，觉得坐起来硌着屁股疼的凳子也不那么讨厌了。

那节课小艾什么也没听进去，她脑子被一个念头填满了——她决定一定要坚持下去，成为全班最瘦的人。

不，是成为全世界最瘦的人。

六

小艾站在镜子前细细地看着自己：锥子一样尖尖的下巴，突出来的眼眶，凹下去的脸颊，两根手指头就可以握住的大臂，一只手都抓得下的大腿，还有喜马拉雅山一样高高耸起的锁骨。自己怎么可以那么美，她扬了扬嘴角，笑容可怖。她昨天吃完了最后一盒减肥药，其他就只吃了四分之一块苹果，现在她感觉整个人像飘起来一样轻。她去称了个体重，21 千克，嚯，终于达到目标了。她美滋滋背上书包，自以为健步如飞地去上学。

到学校的时候，第二节课已经上了一半了。

这节是政治课，老师正在津津有味地讲她在新疆吐鲁番看到的干尸，台下的同学看着干尸的图片多少都露出了点害怕的表情。老师察觉到便没再深入说下去。

这时，教室门忽然打开了，同学们警惕地看向门口，然后像发生了地震一般尖叫呼救起来——

门口显然立着一具干尸。

摆渡人

姚伊卿

两界相交之处，天地间一片压抑的单调，黑色的沉下去，灰色的浮上来，没有远山涧流和轻风晓畅，只有水下无边的暗涛翻滚和整片天际的白。清晗裹着宽大得几乎要将她吞噬的黑袍，缩在这个世界唯一的小船一角，努力回想着之前发生的一切。

想不起来了，只剩下嗓子的干哑和酸痛的泪痕提醒着她曾经不属于这个世界。几分钟之前，清晗刚刚接到了一个最新的任务，银光闪闪的小字在冰冷的手掌上显现，告诉清晗她是灵魂的摆渡人，要做的就是在这个地方接待下一个失落的灵魂并帮他实现生前未实现的愿望。尽管怀着无尽的怀疑和困惑，她能做的也只有在这个地方继续等待，然而灵魂深处缓缓升起的隐隐期待使其一怔。

更多的，还是害怕吧。清晗紧紧扯住黑袍子，勉强留出一线空隙观察外面的世界。忽然，"啪"的一声，船微微震动，一只手搭了上来。一瞬间，清晗的心中掠过无数种情绪，恐慌、惊讶、兴奋、好奇……却下意识地抓住了想要上船之人的手。直觉告诉她，这就是她要等的那个人。指尖相触的那一刹那，手的主人猛然从水下抬起头，一阵水花飞溅。清晗急忙用手挡住眼睛，却还是对上了少年灼热的双眸——他鸦羽般的长睫上淌着晶莹的水珠，一头黑发被浸湿后服帖地垂在耳旁，清秀白皙的脸庞透着淡淡的桃红，拥有着沁人心脾的美好。清晗愣了半晌，手里的力量一紧，少年就已经翻身上船。此刻，他正一边喘气，一边有气无力地对她绽出一个笑容，说"谢谢"。

清晗这时候才注意到，少年的鼻梁上有着一条如同岩浆迸裂时分界线般的深刻血痕，从这里一直向两边裂开，直至看不见的脑后，心里忽然泛起一波心酸，忙问他的来历。"唔……我不记得了。"少年不好意思地挠了挠头，"我只记得我叫雷光，可能是一名医生。"他指着自己脸上的血痕，"这是口罩压的。其余的，就真的不记得了……"眼前的这个少年，似乎有着不属于他这个年纪的疲惫。

简单地介绍了自己的身份后，正想询问雷光愿望的清晗却犯了难——他什么都想不起来了，怎么还会记得未完成的心愿呢？雷光好像知道了清晗的烦恼，连忙从衣服的夹层里掏出一个精致的袖珍笔记本递给清晗："这个是我的日记，不过应该只有摆渡人才能看见里面的字，毕竟，我本来是不允许带阳间的东西来这里的。"少年说这话时带着明显的苦涩，流露出对人间纯粹的不舍。

清晗接过，深吸一口气，缓缓翻开日记本的第一页。金色的字迹逐渐显现，少年凑了过来，温柔的金光将两人层层缠绕，时间的声音嘀嗒，仿佛一切都回到了最初的模样——

那是一个春光明媚的午后，天气晴朗，遍地花香。只是这城市的气氛像黑色的霾，压得人透不过气来。志愿去武汉一线抗疫的车厢里，清晗下意识摸了摸自己的口罩，旁边是同样戴着口罩的雷光。即使是戴着口罩难受到不能呼吸，雷光的眼角也依然因为微笑而微微上扬，给整个车厢注入了青春和活力。清晗也侧过头温柔地笑了，阳光像金色的精灵般在她稚嫩的轮廓上翩翩起舞。

是啊，他们都是志愿者。清晗是一名即将参加高考的美术生，梦想是能画出这个世界最美好的样子，平日里除了复习功课就是涂抹星辰大海，为自己的人生画出一个最亮丽的起点。然而，疫情爆发后，她觉得再美好的世界也是要靠人拯救出来的，虽然不是专业的医护人员，但因为母亲是一线的抗疫医生，所以平时也积累了不少医学经验，在这人手不足的时候正好派上用场。当时也就是心一横，冲动地跑来了，哪里会想自己可能会死在战场上这么严重的问题？直到刚刚进入这个车厢，看到了心情沉重的大家，才忽然觉得脊背发凉。颤颤地找了一个靠窗的位子坐下，紧张地想象着将来可能会发生的事。

至于雷光，则是一名年轻帅气、活泼开朗的实习医生，理想是尽可能在自己有限的生命里帮助更多被疾病折磨的人。后果的话，他早就想到了，但是救死扶伤是他的信仰，他无法违背自己内心的声音。于是，他在家人含泪的支持下，踏上了这节车厢，第一眼就看见了坐在窗子旁边黯然神伤的少女。一种奇妙的同情像棉花糖一样在他心里化开，他径直走向女孩，安静地在她身旁落座。清晗一开始的惊慌失措，在看见少年闪着星光的笑后烟消云散了。

路途短暂而漫长，一路上大家都被雷光的笑话吸引逗乐着，暂时忘记了前路的艰险。虽然偶尔沉寂下来也会默默叹气，但大家的心态总体来说还算好，尤其是清晗，没心没肺的样子，迅速跟雷光打成了一片。"你好呀，我叫清晗！"清晗眨着一双水灵灵的大眼睛，直直地望进雷光的浅瞳里，"你叫什么名字呢？"雷光一愣，然后边笑边说："你好，我叫雷光！""雷光……"清晗小声念叨着，隔着口罩的声音像是隔着层层云雾，"真好听！有什么特殊的含义吗？""嗯……就像夏夜的雷光、绽放的烟花那样耀眼异常，但是……稍纵即逝。"他眼里掠过不易察觉的忧伤，又立刻绽开一个明媚的笑容："不过没关系啦，能有成功帮助别人的机会我就很高兴啦！管他会不会出名呢！"清晗被他灿烂的笑颜捕捉到，像老式收音机一样一卡一卡地说："是的……呐，我……我的名字……含义是单纯的美好。"说着，木讷地一笑，像极了林间受到惊吓的小鹿。雷光饶有趣味地想，这个女孩子真可爱，笑的时候，眼角的胎记眯成一个粉色的桃心。

终于到了医院，换上了厚厚的防护服，接过了稀少而宝贵的口罩，从此开始了艰苦卓绝的战斗。在没有硝烟的战场里，咳嗽声如暗枪此起彼伏。不大的方舱医院里铺满了病床，满满当当却又有条有理，医生和护士在狭窄的走道里快速走动，如同晚高峰时街道上川流不息的车辆。在这里，没有白天也没有夜晚，只有随时发布的命令和无尽的救治。除了晚上少得可怜的睡眠时间外，唯一的休息就是靠在墙壁上歇息片刻，还有每日短暂到几乎可以忽略不计的吃饭时间。脸上的口罩血痕越刻越深，背上的汗水湿了又干，指尖用力到泛着惨白——他们一次次默默地哭泣，却又在看见有病人成功治愈后破涕为笑。即使难受到遇见了熟人也只能相视一笑然后又各自奔向忙碌，他们也觉得一切值得。

清晗和雷光也是这样，他们平凡而伟大。当有病人因担心自己的病情而感到闷闷不乐时，清晗和雷光甚至还会不约而同地前来劝慰。当然啦，天鹅舞也不是没有跳过。于是他们把在医院度过的每一个灰暗无光的日子都过得生动起来，变成了五彩斑斓的样子。有时候，清晗觉得，认真的雷光真帅气，像松柏那样傲然挺立。有时候，雷光觉得，努力的清晗好美丽，像红梅那样傲雪凌霜。带着对彼此的钦佩，他们更加拼命地工作，为创造美好世界而努力。

一天的工作暂时消停的时候，清晗和雷光通过手机聊天。雷光："真好！离理想又近了一步呢！"清晗："是啊！不过我又有一个理想了！""是什么是什么？"清晗几乎能想象得到雷光好奇探头的样子，浅笑了一下，继续打字："我啊……想成为一个摆渡人！""摆渡……人？"清晗一边跟雷光解释，一边回想起上午那个可爱的小男孩拿着一本故事书天真地仰着脸问她："姐姐，姐姐！你是我的摆渡人吗？""是啊……"清晗的指尖因为激动而微微颤抖着："我要做大家的摆渡人，将大家从悲伤的困境中摆渡出来，通往新的生活！总之，就是要兼职心理辅导啦！"雷光感叹于清晗的天真，但是也佩服她的勇气——这样可是会增加很多患病的风险啊！但他知道，清晗做出的决定是不会收回的，于是录了一条语音发过去。清晗收到的时候，手心里捧着的手机像是化成了暖气将她温柔地包围，蒸红了清晗口罩之下的脸——雷光用清澈而坚定的嗓音说："好啊，我和你一起！"

之后的每一天，清晗一有时间就去陪焦虑的患者们聊天，适时地给与积极的引导，还一起交流读书体会，虽然累得满头大汗却依然乐此不疲，死气沉沉的医院里偶尔会有欢声笑语。雷光因为懂得更多的药理知识，要忙活的事情就更多了，只有晚上的时候才会坐在小患者的床脚边为他们读一个小故事。看着患者们因喜悦而逐渐红润的脸，他们感到了如同泉涌的快乐。

后来啊，那个拿故事书的小男孩被成功地治好了，临走前眨着星星眼，在清晗的防护服上歪歪扭扭地画了一个金灿灿的勋章，扭头自豪地大喊："姐姐现在正式成为一个合格的摆渡人啦！"清晗不好意思地垂头，听见的人都笑着为她鼓掌。一瞬间，清晗忽然有了一种大家都是一家人的感觉，这里满满的都是家的温暖。清晗应要求蹲下身子，小男孩就隔着口罩在清晗脸上轻轻地点了一下，那感觉就像春风拂面。清晗惊喜而又害羞地抬头，对上的是雷光微眯着的赞许的双眼，画面美好得如同时光定格。那时候，清晗飞速地想，世界上最大的幸福也许就是这样吧，简单而纯粹。

然而，医院里有皆大欢喜的喜剧，也有无能为力的悲剧。即使医护人员们日夜操劳着与死神拼搏，也终究敌不过重症患者身上无情的病魔。清晗和雷光，还有千千万万和他们一样的志愿者们都目睹了这些惨剧的发生。一开始的时候，他们哭泣、自责，痛恨自己的无能，但是这样无谓的反抗什么也改变不了，只会哭花护目镜。他们哭到眼睛肿嗓子哑，最终还是接受了现实，努力抢救还活着的人，争取不让他们的生命也这样悲伤地逝去。清晗哭怕了，泪已经流干了，所以勉强挤出一丝微笑，继续工作和做好"快乐摆渡人"。雷光看到清晗和大家这样悲伤地快乐着，眼里的泪掉落进心里，无声地哭泣，但还是要向清晗和大家点头，说一句："我们要继续加油啊！"尽可能地帮助更多的人，才是目前最有效也是唯一的措施。

但是清晗的患病，还是让大家如同晴天霹雳一般地被震惊到了。作为除医生外接触患者最密切的人，清晗还是没逃过病魔的魔爪。一日之间，她忽然从保护别人的人变成了需要别人保护的人，因剧烈咳嗽而干哑发肿的嗓子已经发不出什么声音，只能用小鹿般惶恐的眼神看着大家七手八脚地将她抬上新腾出来的病床，泛红的眼眶挂着滚烫的泪珠。绝望和恐惧第一次离她这么近，整个医院喧闹得死寂，周围的人们奔走得像一张张蒙太奇的剪切片段。她慢慢合上眼睛，任凭泪水肆意流淌，心中慢慢打起遗书的草稿。生命此刻像一潭深不见底的湖水，将她渐渐吞噬。

咦？突如其来的温暖从指尖开始悄然传递，黑暗里透出一道光，将她往外面的世界牵引。清晗艰难地睁开红肿的双眼，看见自己的双手被一双即使戴着手套也依然骨节分明的大手包裹着，顺着看上去，是偏过头、面色惨白的雷光，护目镜下的皮肤上有新添的泪痕。清晗愣了一下，努力挤出一个苍白的笑容，抓住雷光的手，轻轻摇了摇头，示意雷光自己没事。感觉到动静的雷光转过头来，护目镜上都是细密的雾气，虽然看不见他好看的眼睛，但是雷光带着哭腔的沙哑声音让清晗永生难忘："清晗，我会让你活下去！"清晗的手微微一抖，发出了不易察觉却很坚定的微弱声音："嗯！"

医院的工作依然紧张有序地进行着，只是没有了往日那样偶尔的愉悦气氛。安静下来的清晗，好一点的时候也和邻床的小姑娘聊天，但花了更多的时间重拾自己的画本。有时候涂一个绚烂的星空，有时候画一片浩瀚的大海，有时候描一个温柔的花房……但无一例外地，画的下方都会有一个黑色的女孩人影，撑一只小小的黑色的船，静静地伫立着。清晗说，她想成为别人的快乐摆渡人，如果很不幸地死掉了，也想当一个灵魂的摆渡人，帮助失落的灵魂实现未完成的愿望，这样也算完成了自己的心愿，看到了最美好的世界。清晗说这话的时候，明明是笑着的，却让人止不住地心疼。"不会……让你死掉的！"雷光把眼泪咽到肚子里，心里只剩了这声音在回荡，沉重而坚定。

之后的日子，雷光更加努力地工作，想要拯救更多像清晗这样不幸的患者，甚至整日整日地不睡觉。也许，这样就能让上天放过这些人吧，雷光想——而且清晗，她是多么好多么善良的一个女孩子呀！雷光每次碰巧路过清晗的床边都会为她加油打气，表面上不说，其实天天都拿出自己的袖珍笔记本记录着清晗的病情，眼泪掉下来花了护目镜。他一次次告诉自己作为男孩子这样不行，但是又有了一种奇怪的感觉——他对清晗，是喜欢吗？——是喜欢吧！喜欢她不经意的笑，喜欢她冒着被感染的风险给别的患者讲笑话、聊心事，喜欢她的努力和直率，喜欢她小鹿一般清澈的眼睛。所以……不能让她死啊！不能让她所在意的这些患者们死啊！

可惜，事情总是事与愿违。尽管雷光已经努力到无暇吃饭、睡觉，努力到忘记自己也是一个人而非机器，清晗还是因为病情加重而用上了呼吸机。她向雷光要来纸和笔，颤颤巍巍地写下："我爱中国，爱你们，爱这个世界。"顿了一下，继续写："我很好，你也要好。"写完，又用那双会说话的眼睛望进雷光的浅瞳，笑了一下——是真诚的，不含一点杂质的笑。差不多要走到年轻生命的尽头，清晗反而释然了，也许曾经努力过，死后还是可以实现自己的梦想的，甚至还有点自嘲，还好我还年轻，没做什么贡献，但也没占用社会太多资源。可是，雷光不甘心啊！好不容易有了喜欢的人，生平第一次有了如此如此强烈的欲望想让一个人活下来！对他来说，他和清晗看似只隔着一个呼吸机，实则隔着两个世界的安静和惶恐。

那一天终于还是来了。清晗滴水未进，呼吸越来越急促，秀气的眉毛紧蹙，脸上已没有了一丝血色。雷光和其他的医护人员们飞奔着将她推入紧急抢救室，清晗用尽最后一丝力气，把头侧到雷光扶着床的手旁，在呼吸器触到防护服的刹那沉沉睡去。雷光大声地呼唤着清晗的名字，泪水模糊了他的视线，恐慌被急救室的铁门隔成两个世界。

雷光的大脑一片空白。他忘了哭，忘了答话，忘了走路，跌坐在急救室门前，像一滩没有情感的泥水。过了许久，他径直地走向清晗的床，想找寻她存在过的痕迹——毕竟，她很有可能回不来了。一翻枕头，下面赫然出现一张彩铅画的夏日星空，上面有闪电雷光和绚烂的焰火，下面依然是那个女孩撑船的背影，旁边是一行清秀的字迹："雷光，如果有来生，我一定陪你去流浪，看看这个世界的美好！"忽然，全身的热一齐涌上眼眶，双手不受控制地抖动起来，想说"好"却没有声音。因为，不想失去你，所以无法答应你任何未来的事情。

多日来不吃不睡的疲倦一瞬间席卷了雷光，两眼一黑的酸楚之后是沉沉的倒地声，遥远得几乎听不见。耳边隐隐约约的嘈杂声，叫着："这边又倒了一个……"

——金光收束回笔记本，清晗和雷光都没有说话，热泪将全身的情绪肆意倾诉出来。沉默着，雷光轻轻牵起清晗的手，绽出一个灿烂的笑容，缓缓地说："恭喜你！实现了自己的理想！"声音还是那样熟悉的好听，清亮而富有穿透力，直直地闯进清晗的心田。清晗一怔，蓦地起身，一字一顿地认真对雷光说："你的愿望，也一定可以实现！"

清晗话音刚落，灰白的世界燃烧成流动的彩色，她牵着雷光的手一紧，绽放出一个让人如沐春风的清甜笑容，眼角再次浮现出粉色的桃心："我相信，你绝不是转瞬即逝的烟火，你是永恒的、照亮世界的雷光！那个世界还需要你，你不能'过劳死'！"于是，清晗牵着雷光的手跳入弥漫着梦幻色彩的河里。窒息感渐渐向雷光袭来，他猛地一吸气——

眼睛……睁开了。头顶是白晃晃的灯光，空气里是消毒水的味道，周围是看不清面貌的医生和护士，一个声音高兴地颤抖着，大声叫喊："奇迹啊！救活了！"于是，世界慢慢变得清晰，一切都那么让人安心，他又闭上了眼睛。可是清晗……她会在哪里呢？一定不会有事的！

当雷光被推出急救室的那一刻，转头就看见了同样被推出急救室的清晗。他们没有力气说话。他们在心里笑出了声。

不久之后，春回大地，万物复苏。大家都被成功治愈，武汉解禁，方舱医院被关闭。迟来的春光照得大家心里都有说不出的快意。清晗牵着雷光的手，在回家的路上大喊："中国好伟大啊！大家好伟大啊！世界好美丽啊！""谢谢你！"她忽然转头直视雷光的眼睛，"我不是有意要违反摆渡人的规定的！只是你不该死！成千上万的英雄们不该死！我必须履行让你们被抢救过来的责任！"笑颜惊动整个春天的美好："但是我真的没有想到，你那时候许的最后一个愿望，是要我活过来。"

是啊，中国的这个冬天太长太长，伴随着数以万计的苦痛和离别。但是，春天最终还是被无数伟大的人们冒着生命危险、用尽全部心血抢救了回来。以后的日子，我们更加珍惜，更多地向这个世界绽放生命的美好。雷光和清晗这两个小英雄，成了彼此最要好的朋友。

清晗是雷光的摆渡人，医护人员是患者们的摆渡人，中国是大家的摆渡人。这些摆渡人，每一个都伟大，每一个都值得敬佩，每一个都将我们从黑暗里摆渡出来，通往那光明、快乐的彼岸。

致敬所有的摆渡人！

不留遗憾

假 面

梁 洁

她很累。毕竟每天制作精美的面具，再仔细地戴在脸上，是件很烦琐的事情。

她原本也不想戴面具，只是因为某一天她实在忍不住了，就在大庭广众之下发脾气，被别人指指点点，指责她的小性子，辱骂她，唾弃她。

她不想把自己暴躁的一面展现出来，于是，她学着制作面具。她知道周围的人早就学会做了，并且做得栩栩如生，她便也放心大胆地去学习。第1次，她手忙脚乱地做了一个简陋的面具，戴上之后就在别人带有攻击性的言语下不堪一击……第7次，她做了一个相对比较好的面具，即使听到再毒辣的话语，她脸上的面具也只是多了一个细小的裂纹……第25次，她戴上面具，别人的针对性言论让她感觉只像触摸到冰冷的面具一样……她成功了！

在此基础上，她还做了一个不同的面具：今天是谦虚卑微的，明天是善解人意的……制作面具、戴着面具，已经磨平了她的棱角、她的暴躁，她的小性子也随着深更半夜里的泪水一点一点消逝。

有一天，当她想摘下面具的时候，发现那个面具已经成了她的脸。她很开心，因为这意味着，她可以时时刻刻都因为别人的冷言冷语而面部僵硬。

她也有些担心，因为她还不会制作出一颗假的心，所以她的心仍然会痛。

树　华

何子灵

一

　　我叫红蕖，意为红色的水芙蓉。

　　走在街上，身后是东京热闹的夜市，关东煮的香味飘过鼻尖，天妇罗在油锅里滋滋作响。

　　丹楹走在前头，步子缓而慢，像个落魄的流浪者，她身上落满了雪，厚厚一层，好像要把她压倒似的。

　　低气压和差劲的心情，我们就要这么，带着那个侮辱性的奖杯，离开东京了。

　　我看着丹楹的背影，不由自主地停住，缓缓回望，东京的回忆凝成一幕一幕幻灯片，在小小的街角闪过。

　　掌声与斥骂，哗然与安慰……

　　还有一个不留给我们一席赖存的天地的东京……

　　"红蕖，快点！"教练在前面催促着，"已经很晚了。"

　　我快步上前，跟在了教练身后。

二

我的身体腾空，展开，裙摆旋成一朵绽开的花。身后的丹楹脚下忽然一个踉跄，我的身体在最高点歪掉，以一种极其狼狈的姿势落下，我慌乱地做出最后一个动作，谢幕，完全脱离了丹楹的控制。她愕住，只跟上了最后的谢幕。

第一次，如此狼狈。

尽管如此，还是满堂喝彩。我的心怦怦乱跳，还好，评委给的分都不算太低。

最后一个老人，他颤颤巍巍地举起牌子，狠狠地拍下。

6.5 分。

"简直就是在侮辱芭蕾！"他指着丹楹，"让一个女孩去当王子，简直就是在侮辱《胡桃夹子》！"

全场哗然。

最后，我们只拿了铜奖。

丹楹站在领奖台上，捧着奖杯，不知所措。

"对不起。"

她的声音轻到飘起来，颤抖着，带着哭腔。

"本来你能拿第一的。"

镁光灯下，丹楹哭了，泪水无声地划过她的脸庞。

我捏捏她的手，笑了笑，没有说什么。

丹楹的手冰冷，手心全是汗。

三

我和丹楹搭档已经有三年了。

那时候，丹楹很瘦而又很高，整个人身上的骨头都是突出来的。那样单薄的身子连公主的纱裙都撑不起来，松松垮垮的，在舞台上极其没有美感；但是，偏偏丹楹的舞蹈基本功极其扎实，举手投足间有种别具一格的高贵，连教练都为之着迷。没有一部芭蕾舞剧适合丹楹，但教练不愿放弃这块好料子。

"丹楹，要不要试一下……演王子呢？"

丹楹默许了。

她穿着米白的戏服，头戴王冠从换衣间出来，踏着从容的步伐走向我，后撤一步，缓缓伸出手，微微颔首，邀我跳舞。

那一刻的丹楹，简直就是那个风度翩翩的王子。她细长的眼角里蕴着淡淡的笑意，嘴角轻抿，面颊微红，面露羞怯却又无比自信。她的手放在我的腰间，带我旋转、跳跃，尽管没有高难度的托举动作，但是丹楹依旧赢得了满堂喝彩。

一曲舞完，丹楹拉着我的手谢幕。

刹那间，眼前的丹楹从沉默寡言的灰姑娘成为王子，而且就在我身边，拉着我的手，环着我的腰，和我一起腾空飞舞。

恍惚。

于是，从那以后，我就和丹楹搭档了。我要很小心地控制体重，而丹楹每天都要加练增肌。她好像总是很忙，除了练舞的四个小时，我们没有任何交流，一下课她就带上耳机自顾自地走了，连一句"再见"都显得多余。

借着"女生出演王子"等等一系列的噱头，还有丹楹超乎寻常的努力，我们在各大比赛里都拿了冠军，丹楹也在小镇上出了名。庆功会越来越频繁，丹楹的身影却越发淡出我们的视线，她活在报纸的头条里，活在人们的掌声里，活在评委的称赞里。

"那种中性的美感，把女性的柔美和男性的刚毅很好结合在一起，简直就是梦中的王子！"

"完美高冷的五官！"

"致命的吸引力！"

"名为'丹楹'的取向阻击！"

……

那么多华丽的词藻中，我却找不到一个词语能够形容跳舞的丹楹，美丽亦或是帅气都太过单一，复杂的艺术总是迷人的，一如丹楹。

丹楹剪了短发，穿着冷色系的衬衫，披着黑色风衣，头戴鸭舌帽，脚踩匡威。

简直不能说是假小子了——分明就是真正的男孩子了。

我遇见丹楹，和她打招呼，她摆摆手，回了一个礼貌的微笑，就匆匆跑了。

怪人，怪人。

四

在东京的最后一天，我们去泡温泉。

刚让自己整个人都融化在热水中，就看见丹楹裹着浴巾走过来。她看着我，手紧紧地握着浴巾的带子，最后，仿佛下定了很大的决心似的，缓缓解开，以一种狼狈的姿态迅速入水，激起一大片水花，甚至打湿了坐在另一头的我的头发。平静被打破，但是又迅速恢复了沉默。

很难相信我和丹楹认识已有三年之久了，我们之间，疏远得像陌生人。

丹楹把半张脸都埋在水中，过了很久，她才缓缓坐正，悄悄地靠近，坐在离我还不算太远的一边，深呼吸，别过头来看我。

"红蕖，对不起啊。"

尾音微微上翘，带着点小女生的俏皮，丹楹的身体在水中慢慢放松，她看着我，有些不好意思。

"我想我还没做好准备……所以才那么狼狈……影响到红蕖了，对不起。"

我有点不知所措，扭过头看着丹楹自顾自地解释着什么，听着她毫无逻辑的话语和微颤的声音，皱眉。

"我决定不跳芭蕾了——我是说，不当王子了——不过，好像不跳王子，我也跳不好其他的角色……所以脑子乱乱的，没想到比赛那天影响到红蕖了……真是不好意思……"

我摇摇头，笑了笑："没关系，丹楹很棒了，在芭蕾领域，至少现在，没有人能赢过丹楹，尤在丹楹的风格上。"

"是吗？红蕖是这么想丹楹的吗？"丹楹左手抚上胸口，"你知道这里，是怎么想丹楹的吗？"

五

我叫丹楹，意为朱漆的楹柱。

丹楹，这个名字第一次被大家熟知是在学校公演的时候，我和红蕖搭档跳《胡桃夹子》——她是克拉拉，我是王子。

我从来没有因为芭蕾赢得那么多掌声，红蕖拉着我的手缓缓谢幕的时候，我有些恍惚——我应该提着裙子鞠躬，可我的裙子呢？啊……我是王子，没有纱裙……

红蕖拉着我的手，带着脑子里一团糨糊的我，深深一鞠躬，结束了一场小小的尴尬。

下了台，我的脸红到耳根，整个人后知后觉地沸腾了。第一次因为芭蕾获得掌声，尽管没有穿上纱裙，却一样兴奋。

后来，参加大大小小的比赛，从街区到城镇，再到省里，再到全国，我和红蕖都拿到了非常不错的成绩。宛若一颗鱼雷在水中炸开，这些消息传到我所生活的小镇里引起了非常大的轰动，我沉醉其中，乐此不疲。

巡演、庆功，继续练习……为了更好适应角色，我剃了个短发，穿着男生的衣服上街，观察男生走路、说话。

也许是走火入魔，我一直没觉得这有什么问题，每天四个小时的训练外加两个小时的增肌拓展，已经让我的精神与肉体疲惫到无法再思考其他。

直到有一天。

那天，我去上厕所，遇到红蕖，她看着我冲进来急急忙忙地走向一个隔间，愕然。

"你怎么……！"

我措手不及，呆立在原地。

"啊……对，没什么不对的，丹楹也是女孩子……"

红蕖自言自语道，随即欠身道歉，转身离开。只是一句自言自语，却让我整个世界陷入混沌。

女孩子……还是，王子陛下？

有些人时常拿我开恶意的玩笑，久了，自己也习惯了，但是，红蕖呆滞的刹那，却仿佛一个冗长的世纪。

无以言语的慌乱。

心情仿佛下了一场暴雨，毫无理由地，我暴躁而恼怒。我气冲冲地回到家，打开衣柜把所有男式衬衫通通扔到地上，疯了般地践踏它们，心里却更加难受，一如自己的自尊被践踏。

母亲走进来，拾起地上的衣服，冷静地看着我发疯。

"成功总是要付出代价的，丹楹。"她冷冷地看着我，指了指地上散乱的衣服，"这是你最后的机会。"

我的眼泪就这么滑落脸颊。

她是个很成功的芭蕾舞演员，在我三岁的时候，她带着我去剧院观看了我人生中第一场芭蕾舞剧《天鹅湖》。

谢幕时，她指着舞台中间身着白色纱裙的女主角对我说："以后，那就是丹楹应有的样子。"

十岁的时候，我疯狂地长高，瘦成一把骨头，因为控制身材而营养不良，昏倒在剧场，救护车鸣着尖锐的长笛驶过这座城市最拥挤的路段。我在医院醒来的时候，身边是红蕖——那时候我们还不认识，是她打了120送我过来的。

"醒了就好，你躺着，再休息会儿。你还很虚弱，不要乱动。"

她温柔地笑道。这是我从母亲那里从未感受到过的柔情，我听话地闭上眼睛。

我听到她喊了一句"阿姨"——我猜是我的母亲，而且我听到了她的声音——我听到医生和她争论不休，母亲好像很苦恼，在原地来回走动，高跟鞋与地板的撞击声清晰可辨。

终于，她停下了，颤抖着问道：

"丹楹她……没有控制身高、体重的方法了吗？"

"丹楹她可是要跳舞的……要成为国际芭蕾舞演员的……"

我的心仿佛死了一样，我感觉自己此刻变成一座无人踏足的孤岛，连我的母亲，都不愿意施舍一点爱意给我。

"阿姨！有什么比丹楹的身体更重要？丹楹还是个孩子！"

我听见红蕖的声音，一种难以言喻的温情从心底漫开，眼泪居然不争气地滑落于眼角。

母亲走进来，看着我，只有无尽的叹息。

"丹楹……"

她再没说什么。

我还是坚持训练，尽管默默无闻，但我觉得这是对母亲的一种安慰。

直到那个机会找上门来……

母亲怎么可能会放弃？我怎么有资格放弃？

我泣不成声。

六

温泉。

丹楹隔着我只有几步距离，我就这么看着丹楹，看着她发红的眼眶。

"妈妈说，我是一棵木棉树，她的要求就是，不论是一树繁花还是满枝碧绿，我都要是最出彩的那个。"

丹楹的身体在水中紧紧地缩成一团。

"这具身体，从不属于我。"丹楹看着我，"那个评委说得也对，作为正常女孩子的红蕖，还有克拉拉，怎么会喜欢上我这样的王子？"

丹楹缓缓在水中站起，她赤裸的身体就这么展现在我的眼前——盈盈一握的腰身，细长的手臂，突出的锁骨，短短的带着水珠的黑发，一双清澈的迷惘的眼睛。

"对不对？"

丹楹的声音轻飘飘的，仿佛梦呓。

我摇摇头，不知道如何回答丹楹的问题。

"红蕖不要说什么'如果你是男孩子我一定会喜欢你的'一类的话，我也不是傻子。"

我摇头，起身，把浴巾扔给她，自己穿上浴袍走了。

心里乱成被猫玩过的毛线球，又气又恼，还有一丝丝无能为力的不甘。

丹楹就在我身后，一动不动，看着我慢慢走远。

"傻瓜！"我回头看着丹楹孤独的身影喃喃自语，"大傻瓜丹楹！"

总有些东西需要用行动来表达，这比把所有东西埋在心底烂掉要好得多的多。

七

庆功宴。

丹楹穿着黑色衬衫和运动裤坐在角落里，一言不发。

红蕖穿着黑色礼服缓缓走近丹楹，脸上是淡淡的笑意。

"喏，"红蕖递给丹楹一个包装精美的礼盒，"打开看看，喜欢不喜欢。"

丹楹打开，入眼的是一袭白色长裙，缀着点点水钻，还有一双乳白色的低跟鞋。

"这……"

"我本来就矮，可不敢让你踏着'恨天高'站在我身边。"

红蕖笑得可爱。

丹楹穿着长裙款款走来，精瘦的身子被长裙勾勒出完美的弧线，高贵而优雅。

红蕖右脚后撤，右手掌心面上，微微颔首。

"丹楹公主，可否赏脸和我跳一支舞？"

丹楹的手搭上红蕖的手，脚尖轻点，右手展开，左手牵着红蕖，转了个圈，裙摆旋开，像朵盛放的花。

"哪有穿小礼裙的王子的？"

丹楹的脸微红，嘴角上扬。

橘黄的光隐隐洒在丹楹身上，衬出丹楹亮白的皮肤。红蕖的手轻轻挽着丹楹的腰，一米六八的红蕖在一米七九的丹楹身旁显得娇小玲珑，但她还是踮起脚尖让丹楹拉着自己的手转圈。丹楹看着红蕖围着自己紊乱的脚步，笑得像个孩子。

丹楹笑起来其实很好看，嘴角勾起，贝齿微露，眉眼温柔，比起跳芭蕾时的高贵，红蕖更喜欢现在的丹楹。

因为真实。

心变成一颗石子激起的浪，荡漾着淡淡的情愫，没有声音却又那么不平静。

丹楹牵着红蕖的手，舞步轻盈。

红蕖望着丹楹纤密的睫毛，听着丹楹的呼吸在耳边时而清晰时而模糊，笑了。

红蕖觉得，这样真好，忽然觉得，如果音乐可以不停，自己拉着丹楹的手这样一直跳下去，该有多好。

一曲终了，丹楹牵着红蕖的手谢幕，右手刚想背到身后，却发现红蕖放开了自己的手。

"我的公主，提起你的裙摆。"

红蕖望着手足无措的丹楹，笑着，悄悄地说。

于是，右脚后撤，微屈膝。

丹楹喘息着看着红蕖，眼里蕴着泪。

"这才应该是，王子和公主的感觉嘛。谁说王子一定要西装笔挺、皮鞋发亮？"

红蕖撩了撩头发，挑眉，笑得得意。

丹楹紧紧地拥抱住了红蕖。

值了。

红蕖这样想。

八

丹楹再没见过红蕖，自那天的庆功宴后。

时隔三年，她收到了红蕖的明信片。

一株街角的木棉，一树繁花，火红明艳，树下是笑得可人的红蕖。

背面，娟秀的小楷——"一树繁花亦或是满枝碧绿，都是木棉树的芳华，我们的树华。"

烟 妖

何子灵

一

遥远的地方，是烟草的家乡，

烟氤氲飘过，千里万里河山，

故事的开头，男孩梦里开始，

一个名叫烟的姑娘啊，

我要你为我梳妆打扮，

戴着大红盖头的你是我最美的新娘，

……

二

我叫烟，我是一个妖，我靠蚕食人的感情而活。

在这村里，有千百户靠种植烟草为生的人家，也流传着一个传说。

传说，幽魂会化作烟妖，在你点燃一支烟的时候幻化成你的心上人，诱惑你，直到蚕食完你的灵魂。烟妖会引导你走向地狱，然后占据你的身体，活下去。

所以，村里时不时就会有意外死亡的人。他们都说，是烟妖在作怪。他们祈祷、祭拜，生怕这妖怪降临到自己家里。

而我就是一只烟妖。

我第一次出现，是被一个男孩召唤出来的。

一间小小的房里满是烟，男孩坐在屋子中央，脚下是一个铁盆，里面是一大把燃着的烟草。

烟雾散开，氤氲着淡淡的清香。

"你来了。"

语气像是好久不见的朋友一样。

"嗯，我来了。"我踏着烟雾走向他，拨开雾，望着他笑着说，"我来寻你了。"

他笑了笑，细长的眼眸间勾勒出点点试探的意味，忽然地，他笑了，抬手把水倒入铁盆中，火苗熄灭，烟雾越来越少，我的身体渐渐模糊，直到变成一团朦胧的烟，离男孩愈来愈远。

"以后，我们还会见到的。"

他招手，在我的身体完全飘出屋子后，掩上了门。

我第一次出现在人的面前，居然没有一张清晰的脸，居然是为一个男孩出现的。

难道他没有心上人？

难道他没有欲望？

不可能，无欲无求的灵魂，是吸引不了一只烟妖的。

我正思考着，却又被召唤走了。

还是那个男孩。

他坐在屋里，手上是一支烟，拿着，却没有抽。

"好久不见，你叫什么名字？"

这次，我有了清晰的脸——是一个五官清秀、略带愁容的女人。我心里有了底，看来这位就是他的心上人吧。我顺着烟飘到他的身边，说道："我没有名字，能否请公子赏小女子一姓一名？"

"既然是烟妖，就喊你叶彦吧。"

他划开烟雾，一笔一画写着"彦"。

"你，知道我是妖？"

"不知道我唤你出来做甚？"他的手抚摸着我的脸，嘴角勾起一丝冷笑，"没想到这女人是我心中所想？"

这女人？难道不是他心上人？

话还未出口，却被抢先。

"我要你，留在我身边。"

得来全不费功夫的滋味真是奇怪。

我笑了，搭住他的肩膀，唇轻轻印在他的嘴角。

他没有回绝，反而迎上，唇与唇相贴的刹那，我嗅到了他口间淡淡的药香。

"和这个女人接吻真是奇怪的感觉。"

我飘走，回眸一笑。

距离产生美，我又何尝不知道。

三

再次被召唤出来是大半个月之后了。

出乎意料的是，这次不是那个男孩，而是一个女人，和那个男孩心里的她一模一样的女人。

"我求你，放过他。你要什么，我都可以给你。"

她跪下，哭得很悲。

我眯起眼，细细地揣测她的心，忽然感受到一个熟悉的轮廓。

高挺的鼻梁，惨白的脸庞，细长的眼眸。

这是……那天那个男孩？

是烟——我的鼻端飘过一丝淡淡的草叶香，眼前一朦，我回应着这贪欲的召唤，飘上前去。

女人的瞳孔放大，大颗大颗的眼泪酝在眼眶中，晕染着绝望。她蜷缩成一团，小小的身子在发颤，我听着她的声线越发颤抖。

"你……你见过他了……"

我望着面前卑微的女人，笑颜如花。

"我的命！骨！血都给你，只要……只要你能放过叶言……"

叶言？叶……叶彦？

"他还那么年轻……还有那么多时间去爱……"

"没用的，"我摇摇头，"没有情爱作为媒介，我不能随便寄生于他人的身体的。"

"况且，他爱我。"

这个词脱口而出的瞬间，却迟疑了。

"爱……"

她抬头了。

"叶言……爱你吗……"

烟消云渐散，我望着眼前梨花带雨的女人越来越远。

"求你了！求你了！"

"放过叶言！"

"我把身体借给你，让你们有足够的时间去爱！"

"只要你让他活下去！"

我看到有闪光的东西，是可贵的爱，散发着清香，诱惑着我。

是爱。

一份不属于我的爱，却可以被我感知，给我力量。

尽管如此，我还是想，如果不是叶言先召唤出来了我，我可能会寄生于这个女人吧。

算了算了，就当运气好，多了条后路。

不知名的女人，和叶言。

故事真的是越来越有意思了。

四

我望着眼前的大火，愕然。

叶言手里拿着火把，站在火焰中间，笑得凄惨。

"烟，到我的身体里来，代替我，作为叶彦活下去。"

"我活够了，这病躯，这家业，我都不要了。"

他烧了整片草原，那片烟雾足够让我成一个完整的人形，我第一次感觉到自己的力量是那么强大，那个完美的躯壳近在咫尺，我向他飘去。

我听到那天那个女人的哭声和咆哮，被火熊熊燃烧的声音盖过，最后只剩哗啦啦的风声，火焰摇曳的声音。

叶言的脸扭曲在火焰里，分不清是哭是笑。

他说："谢谢你。"

那个女人疯了似的扑过来，又被人拉回去，他们喊她"叶夫人"，死死地拽着她。

她跪下，无力地倒下。

我站在烟雾里，看着那个本应被我所有的躯体在大火中一点一点化成灰烬，回过头，我看着那个女人，看着自己在她的惊愕的瞳孔里一点一点放大，我笑了。

又有一个灵魂要下地狱了呢……

五

我叫叶彦。

我抚摸着镜子里自己的脸，笑了。

叶夫人，真是一位绝色美人。

我推开门，走出去，眼前是一大片一大片的荒芜。

传言叶家公子被妖怪蛊惑，自焚而亡，叶夫人受不了这打击，服毒自杀了。

这叶夫人是妾，生不了小孩，大夫人去世以后，她疼叶言，不过是要个名分，自杀也是为了洗清自己的名声，她和叶言通奸，要杀了叶当家，独占叶家家产。

人们说，他们该死，一对狗男女。

人们还说，这叶公子从小体弱多病，得了肺痨，留着早晚也是死，这一烧还拉了个陪葬的，也是值了。

……

风烟散尽，绿草再生，谣言淡去。

只有我知道，她爱他，可他，却不想再活了。

于是，从此再无叶家，却多了个叶彦。

世事也是让人好笑了。

六

我叫叶彦，原本是一只烟妖。现在，我用着叶夫人的身体、叶公子的名字，在这世间，活下去。

阴阳眼

温昊汶

从那一天开始，张楠的生活轨迹就变了……

那是一个电闪雷鸣的夜晚，张楠刚加完班，撑着伞走在回家的路上。他刚转进老城区的一条小巷子，一道闪电径直朝他打来，他连惊讶的时间都没有就昏了过去。

醒来的时候，他已经躺在医院的病床上了。他张了张嘴，忽然一股清凉涌入喉咙。他想睁开眼看看是谁喂他喝的水，可左眼的疼痛让他无法把眼睛睁开。他焦急地想坐起来，就在这时，他听到了一个熟悉的男声："小张，你先别急着坐起来。医生说，你还要躺几天，肌肉才能恢复功能。"

这是张楠的老板何总，他们既是上下级的关系，在平常的生活中，他们也是无话不谈的好友。"对了，老板！""没事儿，这几天你就好好休息，我会去通知她的。"何总已经猜到张楠想说什么，打断了他的话，"我先回公司了，你这个月的工资不会少的，放心吧！"说完，何总就走了。何总走后没多久，张楠觉得自己的左眼开始发痒，他小心地睁开左眼，发现左眼能看到了，张楠松了一口气。可是，他忽然一阵惊悚，他似乎看到病房外有人影闪过。他心惊了一会儿，叫来了护士，想要提前出院。护士看了张楠的检查结果，发现他身体一切指标都正常，就给他办理了出院手续。张楠站到了医院大门，向家里走去。

转入那个小巷时，他看到地上一片焦黑。巷角的垃圾棚边，有个衣衫褴褛、肤色苍白的人站在那里，似乎在看着自己，张楠头皮发麻跑回了家。

回到家，发现她不在，门口的地上却有一封信，居然是何总写的。张楠疑惑地拆开信封，从看到第一行开始他就发抖，看到最后竟直接哭了起来。

她竟然走了，而且是为了张楠。她昨晚下楼看到张楠躺在地上，一时情急，脚下一滑，头磕在垃圾棚边上那个铁质垃圾桶的角上，失血过多，死了……

他崩溃了，径直跑到公司找何总。何总看到他后，两人沉默了一会儿。"这……是真的吗？""我知道你接受不了，所以我在医院没敢告诉你……"

从那天后，他就经常看到衣衫褴褛、脸色苍白的人待在昏暗的角落，看着他……他受不了了，于是他开始和别人一起走，绝不自己一个人待着，可这样久了，他发现了一个令人绝望的事实：别人都看不见这种人。张楠有一次和同事吃饭，居然在热闹的烤鱼餐馆里也看到了那种人。那个人走到一个在吃饭的人的背后，一抬手掐住了他的脖子，被掐的人眼睛一瞪，竟倒了下去。人们把 120 叫过来时，医生发现他已经被鱼刺卡死了。

张楠再也没办法平静了，他一刻也不想在那家店待着了。他大叫着跑回了公司，同事们都觉得他疯了，觉得他还没有从阴影中走出来，都渐渐远离他，甚至躲着他。

这天，正是公司一年一度春游的日子，何总带着大家上了大巴，就开去了市郊的一座山脚下，同事们都兴奋地走着山间栈道。他又看到了，又看到了那种人，他一阵心慌，觉得又要有什么不好的事情发生了。

这时，老板走了过来，他和张楠并排走在队尾，安慰张楠说："最近同事们对你的评价不太好啊，你还是不要太伤心，人死不能复生，要朝前看！"张楠抬头一看，他来了！张楠下意识地就把何总朝前推了出去，然后他就看着自己脚下的栈道断裂开来，他……笑着加速坠落了下去……

漆黑，一片漆黑，除了这边的黑色就是那边的黑色，这是哪里？啊！那里有光，他跑了过去。那光忽然变得刺眼，当他再次睁开眼睛时，看到自己躺在医院的病床上，她趴在旁边，睡着了，眼角和长长的睫毛上还挂着晶莹的泪珠。

张楠心里一暖，还好，只是个梦。张楠轻松了下来，躺在床上，看着病房外的满天星斗，听着她的呼吸声，张楠觉得自己的心情平静了下来。再向另一边医院内的走廊看去。他的面容僵住了，那个熟悉的苍白的脸，就在走廊的转角，微笑着看着他……

谋 杀

刘新锐

一

"昨晚，猛烈的西北风夹带着大雪侵袭……"早晨，朝阳普照，温暖了冬日的小城。费尔内斯品尝着咖啡，观看着电视里的天气预报。

"叮——叮——"，一阵急促的电话铃声响起。

"喂，你好，请问哪位？皮德，这么早就找我，有什么事？好的，我马上过来。"放下电话，艾莎来到客厅。

"有什么事吗，费尔？""没什么。一件案子，皮德遇到麻烦了，希望我帮帮他。"

"那你快去吧，我送哈维去学校。"艾莎披上挂在沙发上的围巾，转身去找还在洗漱的哈维。

"亲爱的，我该怎么感谢你？"费尔内斯放下咖啡，起身准备出门。

"不要太累，否则你的头痛又会窜出来烦你。"

"是的，尊敬的夫人。"

二

3 小时后，一片雪白的康乃馨大街上，许多人都围在被鲜血染红屋门的 52 号房子前。费尔内斯带着刚刚到达的学生佩德罗从后门绕了进来。

"老朋友，你总算来了。查了一个晚上都难有进展。初步确定为谋杀。死者是一位女士，35 岁，工作是提供家政服务。死亡时间据法医判断在昨晚 10 点到 12 点间。发现原因是附近邻居在昨天深夜听到死者家中仍有很大的电视声，前来投诉，在门口左边发现了死者的尸体。凶手是在洗手间内行凶，然后将死者从窗口推下。"斯图·皮德警官带着两人边走边说道。

"死者的人际关系呢？死亡原因是什么？"费尔内斯拿出相机记录下洗手间内的所有细节，佩德罗则观察着老师所注意的细节。

"死者首先是腹部被捅两刀，之后坠楼，最后因失血过多而死。人际关系的话，与死者联系较密切的有三人。一位是死者的母亲，生活在附近的乡村。一位是死者的前夫，无固定职业，是一个赌徒。两人在 6 个月前离婚，离婚前育有一个女儿，现在是一岁零三个月。案发时，死者女儿在客厅的摇摇床里睡着了。我们已经找到了死者前夫，他声称自己昨晚 9 点到 12 点都在一家赌场里，我们现在在查监控记录。据邻居们反映，死者前夫常常来找死者要钱。最后一位是死者的债主，这几天都在布宜诺斯艾利斯出差，没有作案时间。最麻烦的是，这条老街没有监控设施，昨晚下大雪，更没人出门，没有证据显示有什么人出入这间房子。唉。"皮德仔细看着手中的档案，忍不住叹气。

"但是死者家中并未丢失任何财物，对吗？否则这个案子不至于让你一大早让我赶过来。"费尔内斯微笑着说道。

"是啊，虽然卧室里面相当杂乱，但经过我们核对，所剩的财物与我们所掌握的信息完全相同。"皮德放下档案，揉揉疲惫的双眼回答道，"分毫不差。"

"很显然，既然什么财物都未丢失，死者前夫就没有嫌疑了，你们查监控的结果会证明这一点。"

"但不能排除他为了摆脱嫌疑故意不拿走啊。"佩德罗向自己的老师反驳道。

"他既然经常来找死者要钱，说明他经常输钱，只能证明他是一个冲动而愚蠢的赌鬼。面对这样的情况，他不可能还会保持镇静的。"费尔内斯看着自己的学生，以一种不容置疑的语气回应他的反驳，"皮德，把你们拍的现场照片发给我一份。另外，凶手行凶的那把刀呢？"

皮德递来一把做工精致的匕首，刃面上还留着暗红色的血迹。"凶手不应该把这样一把漂亮的匕首丢在这，太浪费了。皮德，你再调查一下死者前夫是否有什么债主有作案动机和作案时间。我先走了，有最新消息随时联系我。佩德罗，你可以留在现场再看看，锻炼一下你的能力。"

三

夜幕降临，郊外却异常的喧闹。大风呼啸，似乎有什么东西蠢蠢欲动，让费尔内斯的心里蒙上一层不安的薄雾。监控查明，死者前夫的确在赌场待了一晚上，没有作案时间。皮德则发现了一位有作案时间和作案动机的债主，但目前这个债主行踪难觅。

面对这看似顺理成章的情况，费尔内斯却不知为何，总觉得有什么地方不对。尤其是洗手间里拍的照片，太过于异常。现场几乎没有任何打斗的痕迹，血迹也没有四处飞溅的情况。相反，地砖上有一连串圆点形的血迹，每一滴之间的间距都出奇得相似。

死者的问题更是奇怪。伤口在腹部，说明当时凶手是面对着死者行凶，那么死者被凶手一推坠楼后不应当出现头部朝向房子的状况，更不会留下规则的血迹。

除此之外，死者的双臂内侧有喷溅状的血迹也不正常。死者的手掌并没有非常明显的磨损，意味着死者死前没有极力阻止凶手行凶。那刀插入造成的血液飞溅不会在死者手臂上留下痕迹。想要沾上血迹，除非当时死者抵抗，用手紧紧握住凶手的手或匕首，但这样的话必会造成磨损。前后相悖，不成立。

最后则是声音很大的电视。任何凶手行凶后，除非有一定目的，否则不会希望有人过早发现情况，昨晚的命案更是如此；但凶手离开前并没有关掉容易引人注意的电视。这绝不符合常理。

如此……

突然，一阵剧烈的撞击声传来，费尔内斯睁开眼睛，瞬间想到了一个合理却又可怕的结果……

四

这天晚上，大风在屋外可怕地嘶吼着，却丝毫没影响到房子里的温暖。一个女人将怀里熟睡的孩子轻轻放在摇摇床里，轻轻地盖上棉被。看着眼前睡得香甜的女儿，女人感到无限的幸福；可是一想到接下来将要发生的事，眼泪便不住地滴落。她偏过头去，不希望自己的呜咽声弄醒孩子。

接着，她起身走向卧室，打开所有的柜子，翻出所有的储物，杂乱地扔在房间各处。她又来到客厅，小心翼翼地打开电视，并把其慢慢调到足以掩盖一切又不会吵醒女儿的音量。然后，她慢慢走，不，拖着自己沉重的脚步，来到洗手间，锁上了门。

她从洗手台上的柜子里拿出一把精美的匕首。虽然已经用尽全力握住，她仍然无法控制地、极度恐惧地抖着。她闭上眼睛，想象着女儿的脸，她又没有那么恐惧了。她猛地两次缩手又伸手，鲜红的血液从腹部喷出，溅在她如雪般白的袖子上。她忍受着腹部传来的剧烈的痛感，慢慢蹲下，将刀轻轻放在地上，不希望任何可能的情况吵醒女儿。

在大风的呼啸声里，她拼尽全力慢慢站起来，转身走向窗户。血一滴一滴落在地板上，她眼前的景象渐渐模糊。此时，她没有任何犹豫，一跃撞破玻璃，落在冰冷的雪地上。身边是寒冷的冰雪，她静静地躺在地上，想着可爱的女儿，内心无比温暖。最后，她停止了思念，永远地、美丽地睡去了。

五

费尔内斯的额头上不断冒出大滴大滴的汗珠，想到自己推测的结果——自杀，头疼越发剧烈。

"爸爸，来，快点吃药。"小哈维疾步跑到费尔内斯身边，将药一颗一颗塞到费尔内斯的嘴里。艾莎也捧着一杯热水跑来，给费尔内斯喂下。"费尔，你不要吓我和哈维。你感觉怎么样啊？要不要叫救护车？这次怎么这么严重？费尔，你睁开眼看看我啊！"

此时的费尔内斯双眼紧闭，已经难以听到妻子的呼唤。在视线模糊前，他已经打电话拜托自己在政府部门工作的一个朋友调查清楚死者的病例和近三个月内的经济支出去向。他心里早已有了肯定的猜测——绝症＋保险。

如果事实正如自己所想，一旦昭雪，自己便极有可能摧毁一个孩子和一个老人的未来生活，且不可避免地抹杀一位母亲对自己孩子所做的一切牺牲，谋杀一位母亲对自己的孩子死而未已的深爱。自己俨然成为一位无法被饶恕的谋杀犯；但自己的存在便是为了真相，如果真相失去了存在的意义，自己究竟又为何而存在。

费尔内斯越来越迷茫。那一直潜藏于黑夜风雪中的东西终于现身——真相，且在屋外越发猖狂地咆哮。脆弱的窗户害怕得抖动，仿佛原本坚固的房屋已无法抵挡侵袭，一切都变得无法控制了。

"费尔，听我说。顺着你的心去思考脑中的问题，不要抗拒内心的声音。思考你究竟需要做什么，你的心究竟希望你的身体怎么做。"艾莎强忍着内心的焦虑，尽力平静地跟眼前状态异常的丈夫说着。她从来没见过自己丈夫这般紧张的样子。

费尔内斯听从身边妻子的话，继续着思考。一切的线索、问题、真相早已形成一层层的迷雾，他不断拨开，寻找自己内心的答案。他静静思考着所有问题的答案。为何一个母亲的爱要以这样的方式表露？自己究竟为何而紧张？自己真正面对的问题是什么……

时间一点点流逝，原本强劲的风雪似乎没了力气，慢慢地衰退。屋外的嘈杂声渐渐小了，树枝停止了摇晃，玻璃停止了抖动，一切最终归于平静。

此时，那个死去的母亲站在费尔内斯的眼前，一言不发。"我明白你为何这么做。"他看着眼前安然的死者，平静地说道。

"那你想如何结束呢？"死者忽然问道。

"这个世界上从来都没有杀人犯，只有需要治愈的人。你便是其中之一。"

"谢谢。"说罢，那位母亲转身离开。

"谢谢。"看着那个背影离去，费尔内斯鞠躬说道。

六

几天后的清晨，暖阳笼罩着整片大地，风平，林静。

"最新消息，震惊全城的女家政案告破。据警方称，死者生前重病缠身，无药可治，便在生前大量购买保险，最后将自杀伪造为谋杀，希望获得保险赔款，保证自己死后女儿和母亲的生活。据悉，本城著名侦探费尔内斯表示，出于对这位母亲的尊敬，他将无条件资助这位母亲的女儿，直至其大学毕业……"

看着电视中的新闻，艾莎向丈夫问道："费尔，你为什么最后决定让皮德他们宣布实情呢？"

"这个世界上从来都只有需要治愈的人。那位母亲如此，我亦如此。她已经治好了我，而我也不想欠她。这样做，是最好的结局。"费尔内斯望着远处的天空，一切都如此平静，也不会再有一场暴风雪来搅乱平静的世界。

不留遗憾

刘　佳

　　绿树成荫的盛夏，太阳不紧不慢地落下。街边橙黄的灯闪着温和的暖光，我环顾房间，四周一片寂静，只能听见时钟的声音、下水管里的水声和主人的鼾声。

　　忘了介绍自己，我是一只柴犬，叫落落。几年前，我还是只无家之犬，多亏了主人院子里的一处破洞，让我如今不再担心温饱。第一次见到主人时，他颓丧地坐在地上，旁边散落着几个酒瓶。房子虽然大，但住了个酒鬼，看来是找不到吃的了。如此想着，我打算再寻一家。正要溜走时，一只强有力的大手把我拖到他身边。

　　果然，靠近人类就是靠近食物，得到一根火腿肠也不算白来。那个满身酒味的男子轻轻地抚摸着我圆润的狗头，嘴里喃喃唤着不知是"落落"还是"若若"。这人还不错，就先在这混吃混喝吧。

　　我的主人巫十一是个程序员，他整天除了埋头工作，空闲时在家喝喝酒，好像就没有其他爱好了。他一个人住着如此空荡的屋子，真是浪费。十一的眉宇也算俊朗，怎么不找个女主人住进来，让这屋子多几分生机？

主人的鼾声渐渐弱了下去，他忽然翻了个身，喊了声："杜若！"开始"咯吱咯吱"地挠自己手腕，挠完又恢复了平静。看来刚才那声是梦话。

"杜若"这名字，我在主人的日记本上见过，十一除了埋头工作，还会埋头写日记，每次写完日记，他必定要喝酒。人类真是奇怪。如果不写日记，那么主人是不是就不会喝酒了？

"今天在《楚辞》里看到一句诗：'采芳兮杜若，将以遗兮下女。'她的名字真美，只是偶然看见她的名字就足够让我欢喜了。

"杜若是我喜欢的女孩，我们曾在同一个初中，后来又去了同一个高中。那时的喜欢就是如此，希望上同一所学校，以后的以后都要在一起。

"那时候，我的勇气大概真是梁静茹给的。杜若说她从未见过雪，想在学校看场雪，那样的青春回忆起来都很美。'在这只有两季的南方，只有你这位梦想家才会期待下雪吧。'当时，我虽是这样嘲笑她的，其实我也希望能下场雪，因为杜若想看雪。于是，希望下场雪这个想法在我心里久久不能抹去。那种感觉，就像手掌心里有一根刺，不拔出去就总惦记着，想拔出去却又无可奈何。

"说起来可笑，我当时还幻想自己能掌控天气。'喂，你下场雪吧！'我每天都这样祈求。后来，忽然很希望自己能中彩票，那样就有钱买台喷雪的机器。唉，多数的人烦恼不都是为钱焦虑、为爱呻吟吗？还好，年少的时候什么都敢做，最后我买了一箱喷雪剂，那玩意儿在圣诞节可是热销商品。既然老天不下雪，那就让我人工下雪。

"'十一，下雪了！''假的，你还那么高兴。''能和你看就很开心啊！雪，真美。'

"是啊，杜若把眼睛笑成了弯月的时候，真美。果然，因为雪，回忆青春时嘴角都止不住上扬。"

哎哟，没想到主人竟有如此浪漫的一面。按这剧情发展，杜若不应该成为我的女主人吗？真是想不明白啊！

我把主人的光辉事迹告诉了住在对面的、见识广博的萨摩耶，向他说出了我心中的疑惑。萨摩耶一脸严肃："落落啊，这世界上有相聚，有离别。离别时刻都在发生，和你相聚的人如同去年开的花，今年已经不是那一朵了。"还是不懂，人不是自称高级动物嘛，怎么连一场离别都无法阻止？

"昨天梦到了十二年前，梦里没有暴雨，列车没有延迟，很快就到了黄粱站，进入候车厅，杜若在那儿等我……

"从梦中醒来，真是让人觉得疲惫。

"我只希望能和杜若一直在一起。可是，在我们面前的是那沉重的人生与漫长的时间，让人望而却步。最后一场考试结束，杜若和每个同学拥抱后，站在我面前，望着我：'做了六年同学，以后不是的话，我还会有点不习惯呢。'然后，钻进我的怀里，紧紧地揪着我的衣角。

"一场考试，一条秦岭—淮河线就让人分隔千里。杜若去了会下雪的北方，她那个在学校看雪的愿望真的能实现了。我们靠短信维持着联系，一块小小的屏幕上堆满了文字，一段短短的文字还要反复看。后来，我不再满足于发短信，我又做了一次勇敢的决定：去见杜若。

"处暑的炎热被几场暴雨冲淡了。车站里行色匆匆的旅客身上都浸透着雨水，忐忑、不安和按捺不住的激动的心，我只想尽快赶到杜若那儿。

"'由于暴雨，列车将要暂时停运……'不安的感觉突然强烈，那一刻，明明只有两站，可站与站之间的距离，长得令人难以置信；暴雨持续的时间，也久得那样脱离现实。

"已经 22 点了，杜若会等我这么久吗？不会吧，毕竟我不是她心里特别的那个人。她喜欢我吗？好像不喜欢，也可能喜欢。不对，她是不喜欢我的。一定是我自作多情了。列车应该不会开了，那就不去见她了吧。当时我是这样想的，因为焦虑不安牵扯起了我的懦弱。

"'我还有两站，但是列车停运了……要不，你回去吧……我下次再来……''好。'

"过了一个小时，我总算坐上了列车，只是往回坐而已。突如其来的懦弱，让我有了退缩的想法。雨滴在手机屏幕上，晕染开，晕染进我眼眶里，眼前一片模糊。我的心意无法传达给她，我的告白她也倾听不到了。"

"上周，杜若结婚了。她真美，跟记忆里的一样美。她和我聊天，聊到小时候，聊到那场雪，还有那次暴雨。杜若说那天她其实多等了两小时，她想着如果我来了，就不再掩藏她的心思了；若真的没来，那就当是天意好了。

"'你最终真的没有来，我觉得我该放下。青春有美好，有遗憾，这样才两全嘛。我不想去想如果你来了，现在会是怎样。现在，我过得也很好。'

"夏天的回忆萦绕在心间，让我感到窒息。那些在我心里压抑了许久的话，因为我的犹豫，我的退缩，让我始终紧闭双唇。如果我不揣测那么多，如果我知晓错失了那次机会便不再有机会，我怎会不拼尽全力去见她？命运就像在惩罚我当年的犹豫，我的遗憾也就真的成了再也无法弥补的遗憾。

"我的心里隐隐作痛，既希望她得到幸福，又不甘心她被其他人拥有。这病态的想法也不知何时才会消减。如果没有那场大雨，如果我再勇敢些，如果我告诉她我的心意，如果……

"没有如果，所以这样的结局也无法改变了。"

人类的情感真是复杂，我们狗就单纯多了。饿了就吃，困了就睡，生气就大发脾气，难过就号啕大哭。感情这种东西是绝对不会藏着，也没有藏着的必要。若是见到邻居那只漂亮的金毛狗子梅茜，我肯定会高兴地摇起尾巴。

唉，人就是少了一条厉害的尾巴，所以他们总是揣测自己的内心，揣测了一生就只明白了自己有哪些遗憾，无法及时知道自己真正所爱。真不知道，他们是该庆幸还是叹惜自己尾巴的退化。

如果我是十一，才不会因为遗憾而耿耿于怀，我会选择去遇见更美好的事物。如果我一直吃不到火腿肠，但是有肉丸子摆在我面前，我也不会为难我自己。主人这个可怜虫，就是没有坚定地做出选择。不如学学我：没有火腿，尝尝肉丸子也不错。不做选择，就什么都没有。真希望十一早些领悟这个简单的道理。

"这几年里，我光顾着低头前行，只想得到那遥不可及的东西。这种念头逐渐成为一种压迫，我只得埋头工作以求解脱。在梦里，我不停地跑，想跑在大雨前，想跑过时间。再快点儿，快点儿跑，可我终究抓不住机会，也没能让时间倒回。等我惊醒时，日渐僵硬的心只能感到痛苦。

"上次，在街上看到了杜若和她的丈夫，她真的过得很好。如今，我在杜若身上所期望的事已经无法实现，而我也没有理由不抬起头去享受生活。仔细想想，有什么放不下的呢？！

"得之我幸，不得我命。搞怪的本就不是那场大雨，而是我那数不尽的犹豫。以后我要更恳切一些，毫不迟疑、当机立断地做出选择，不再留有遗憾。

"再见了，我曾经的遗憾。"

主人能如此这般想清楚，我深感欣慰。遗憾迟早会被几场大雨冲走的，洗刷之后还剩那颗依旧热爱生活的心就好。不过，更让我开心的是，主人总算要好好生活了。

我偷偷地把十一的日记分享出来，只想让大家早些明白：如果心里装了舍不得的人，就要趁早去爱；有想去的地方，不论位于东南西北，都要从容地走过去；心里有梦，就要大胆去追。

嗯，我明天就去传达我的心意，可不能让梅茜被其他狗子拐跑了！

回家

父 亲

胡 佳

　　他约摸着五六十岁了，鬓角的头发略微凹进去一些，眉毛浓黑而整齐，额头和眼角的皱纹像极了深浅不一的沟壑嵌入其中。他倚靠在枝叶茂密的槐树底下，抬头仰望着天边自由翱翔的鸟儿，以求暂时的阴凉，旁边靠着被他双手磨扫光的锄头。

　　"我可以为您画一幅画吗？"迎面向他走来的是一个二十来岁的女子，一袭白裙显得她与这块泥泞的田地有些格格不入，低到眼间的帽檐也遮不住她身上的文艺气息，她一手扛着一块画板，一手提着一个小包，看得出来，她大概是个美术生。

　　"……我吗？"

　　他愣了许久，在儿子嫌弃他烦人、赶他出去后，这是第一个和他说话的人。一抬头，他那张经历日晒雨淋的脸像久旱的老树皮一样，暴露在阳光下。

　　"是的，您就坐在这别动，我坐前面画您。"她笑着说。"可是，我还要把地里的草除了，就不浪费你的时间了。"说着，他准备拿起锄头起身离去，却被她一把拉住："我不会占用您太多时间的，麻烦您帮我完成这个任务好吗？"她诚恳的眼神让他不忍拒绝。

他就这样倚在槐树底下，注视着她手上快速滑动的铅笔。笔尖与画纸摩擦的声音与风吹动树叶的"沙沙"声相得益彰。好久没有人这样看过他了，不，应该是从来没有。

轻叹一口气，她放下了手中的画笔："好了，谢谢您！"说着把画板转过来给他看，画中一棵巨大的槐树下倚靠着一位老人。只不过她把他那若有所思的样子画成了一副讨喜的笑靥。"您多笑笑吧，您笑起来会很好看的。"

他们简单聊了会儿天，奈何天渐渐暗沉下来，她便离开了。

几个月后，他收到一个来自县城的信封，他疑惑地拆开后，发现是一个画展的门票，还有几十块钱。他立即想到了那个为他作画的女子，除了她，没有别人了。那一整天，他都没有下地干活，只是拿着这张门票左右打量，心里犹豫不定，不知到底该不该去看看那个陌生女子的画展。他把这张门票珍藏在枕头底下，每天晚上睡觉前都要取出来仔细看看上面的字，当他又读到"期待着您的到来"时，心里又泛起一阵阵涟漪。"我想去看看。"他最终决定了。

终于到了画展的日子了，他穿上昨天去集市上买的新褂子和裤子，配上过年时才会穿的布鞋，对着门前的溪水理了理头发，就出门了。照着路人的指引，他总算来到了办画展的地方。那是一个比周围建筑稍微高一点的大楼，一进门便看见"××画展"的字样，他左顾右盼着周围新鲜的事物，他穿梭在如织的人流中，于缝隙间瞅瞅挂在墙上的画，跟着周围的人不停地惊叹着。在大厅的最深处，围着一大群人，他也跟着去看了看，发现那竟然是画他的那幅画，他眼眶渐渐湿润了，因为他看到写在右下角的画名为《父亲》。他找寻着那个偌大的大厅，想看看那个女子，却找不到她的身影。于是，便去前台问到了她的有关信息，但碍于要赶上回家的公交车，他便停下了去找她的脚步。

　　几天后，那个女子在办公室里收到了一封邮件，里面只有几十块钱，她正疑惑着，却瞧见了夹在钱中间的一张纸条，里面只有歪歪扭扭的两个字"父亲"。

戴面具的姐姐

朱镜燕

九年前那个风雪交加的夜晚，爸爸妈妈捡回了一个女孩。

那年我两岁，姐姐五岁。

当时的情景我早已记不清了，只记得从很早以前开始，我就有一个姐姐，一个……很讨厌的姐姐。别人家的爸妈总是对年纪较小的妹妹更偏袒，可我们家恰恰相反，爸妈总是对这个没有血缘关系的孩子更宠爱。更可恶的是，姐姐还总是仗着这一点，对我百般蹂躏，不知疼惜。

妈妈："小彤！不要偷吃我给姐姐买的蛋糕！你不是有饼干了吗？"

爸爸："小彤乖，爸爸现在忙，你快把这碗汤送到姐姐房间去，叫她学习别太辛苦了，去陪她玩一玩……"

我气得小脸通红，但每次还是愤愤地拿过汤，"哐哐哐"地上楼，暴力地拧开我姐的房门。

"呀，小彤来了！哎，想死你了！快过来坐。"

又是那副谄媚的嘴脸！说的她好像在学习，可实际上每次我去她房间，她要么在手机上不知和哪个男生聊天，要么就在摆弄她的化妆品。真是虚伪！还娇气得不行，桌上的保健药品一排排地摆着，那大概是她房间里除了化妆品，唯一整齐的地方了。每天上学还不好好上，总是要把自己的脸用厚厚的妆容遮起来，打扮得没个学生样子！成绩也很差，总是被老师找家长……

"小彤，快来看看，我现在这个妆怎么样，我可是照着泰勒的那个什么'烟熏妆'模仿的耶！哎，你不是她的终极小粉丝吗？你……"姐姐的大嗓门儿突然插进来，打断了我的腹诽。

"你不要说了！"

"……"

姐姐的表情愣了愣，但马上又恢复了流里流气的样子，我甚至都已经猜到她要用什么话来嘲笑我追星这件事了。

"不许你侮辱我的女神！"我一下子被气红了眼，刚想转身很冷漠、很帅气地摔门而去的时候，又猛地脚步一刹。正极速思索着怎么做才能把这碗汤给她，但同时又不失掉面子，一股劲突然撞向我手中的碗——

"啊！好烫……"姐姐哆哆的声音瞬间传了开来。

……又是姐姐那个大坏蛋！我憋着涨红的脸，趁爸爸妈妈还没上来，只好弯下腰，在姐姐嘲笑、讥讽的目光中收拾洒在地上的汤……

"哼，真傻。"懒洋洋地扔下一句话，姐姐晃着她的超短裙去了洗手间。

不知道多少次，我这样仰视着姐姐的背影，姐姐瘦得像竹竿的腿，姐姐染得像枯草一样的头发，姐姐微驼的背……背景是在这样一个空气浑浊，满地脏衣服、零食袋，墙上挂着大尺度男星海报的房间里。

也许一开始我是委屈的，但渐渐地，那种委屈变成了一种恨。恨为什么姐姐可以吃我想吃却不能吃的东西，为什么姐姐可以化妆、谈恋爱、穿短裙，为什么姐姐对爸妈明明很尊敬却对我百般戏弄，为什么爸妈要对一个外人甚至比对自己的亲生女儿还要好，恨为什么我要有一个令我感到耻辱的姐姐。

随着年龄渐长，我也进入了叛逆期，对爸妈的命令渐渐爱理不理，对姐姐更是没好脸色。可是姐姐似乎没怎么察觉，一样整天嘻嘻哈哈，无所事事，找我聊这聊那，也不管我爱不爱听，从男明星到化妆品，再到男朋友，无所不聊。

"哎，小彤，你有特别想去的地方吗？其实，我一直特别想去海边耶！可是好远哦……"

"你知道那个鹿晗吗？哎，我真的好喜欢像他那样的小鲜肉哦，好羡慕啊，又年轻又有活力！超有魅力的！"

……

我原本锋利的眼刀在姐姐铜墙铁壁般的厚脸皮前一次次化为飞灰……

从没奇怪过，为什么姐姐这么大了，却还没我一半成熟。还是一样懒散度日，每天除了聊天、化妆、打扮、谈恋爱，剩下时间就在房间里闭关。也没再长身体，也许是为了保持身材，她吃得越来越少，有的时候吃饭时间直接待在房里不出来，爸妈也从没说过她，反而好像对她更放纵了。我还在心里暗自高兴，这下好了，你现在不知努力，看你以后怎么生活！到时候肯定要来求我帮忙的，那我岂不是很威风？

直到有一天，让我忽然间看到了姐姐的另外一个样子。

那天晚上，我起来上厕所，路过姐姐房间，很惊讶地看到她的房门居然没关，桌上的台灯开着，她趴在桌上睡着了。推开门，我轻手轻脚地走进房间。她大张着腿，头发乱得像鸟巢，脸上的妆还没卸，花花绿绿乱七八糟地铺在脸上，她睡得很没形象。手肘边放了一个小瓶子，那是她众多维生素保健品中的一种。一个日记本被压在脑门儿下，我按捺不住好奇心，把它给拿了出来。

"10 月 11 日，晴。

"最近看着，小彤好像又长高了呢，也越来越漂亮了。所以本仙女今天为了能和小彤一样漂亮，又多涂了一层粉底呢。我可不能让那些庸俗的凡人看见本仙女真正的素颜！我今天试图找小彤聊天，一共尝试了 21 次，然而只成功了 6 次。唉，她最近怎么都不理我了，好委屈、好难过、好桑心、好孤独噢！难道是青春期到了？那可不行，青春期可是重要时期，得想办法让她开心……可是上次给她送的小熊娃娃她不喜欢，给她做的爱心饼干她都没吃，全部扔了，给她唱歌结果被一脚踹出门外……嘤嘤嘤，当仙女怎么这么多烦恼……"

"10 月 10 日，阴。今天好孤独，抱紧瘦瘦的自己！好想让小彤上楼陪我，像以前那样多好，小彤都不听爸妈话了，都不来找我了……"

"10 月 9 日，阴。小彤今天好像不开心？那就让本仙女拿出魔法棒，让她变开心吧！"

"10 月 8 日，晴。小彤……"

"10 月 7 日，晴。小彤……"

小彤，小彤，小彤。

……

一大本日记，她大概写了很久。我有些发愣，她不是最喜欢穿衣、化妆、谈恋爱了吗？为什么日记里全是我？

从那晚以后，似乎有什么东西变了。

我发现那个平日里好像一点也不在乎我的姐姐其实一直在关心着我。

知道我每天下午要吃一个苹果，她就上午溜出去买好苹果，到了下午又假装漫不经心地说一句："昨天爸下班带了苹果，在冰箱里。"

她关在房间里的时间越来越长，妈妈开始每隔几天就要带她出门，也不知道去了哪。她也没再写日记。

我心里越来越疑惑，有一天，我实在忍不住了，没有经过允许就推开了姐姐的门。

卧室暖黄色的灯光下，姐姐站着，有些猝不及防地看着我。那是我从来没有见过的她，那个没有厚厚妆容、没有流氓表情掩饰的她。吊带睡裙在她身上基本挂不住，她瘦得像把柴。脸色苍白，嘴唇也没有一丝血色，大大的眼睛里第一次有了无助。

由于惊吓，她没拿住手里的一张纸片，被门带起的风一吹，就飘到了我脚边。

"小彤……别……"

我捡起了纸片，那是张化验单。

"小彤……快给我……"

我机械地看着上面的字：

"先天性心脏病，请病人尽早手术。"

"小彤，不是这样的……"

我看着上面的病人签字，是姐姐那张扬的丑字。

"小彤，你别生气，我们不是故意骗你的……"

我看完了最后一行家属签名，是妈妈的笔迹。

然后抬头，看了一眼这个我仿佛不认识的人。

最后，走出了房间。

那晚，我以为我会睡得很好，本该如此啊，当你忽然知道一个你讨厌了很多年的人有先天性心脏病，马上要做手术，而且马上就可能要死了，你不应该开心吗？头顶是惨白的天花板，我对着天花板上的圆形吊灯，呲了一下牙，却只发出了一声沙哑的呜咽。

……

直到泪水打湿了整张脸，直到气愤与委屈终于代替了一部分悲伤，直到第无数次试图把那个身影从脑海中抹去……我才发现，有一种可怕的毒药已经深入我的骨髓，那种毒药，叫爱。

……

"小彤……小彤？"

睁开眼，是姐姐的脸，花花绿绿涂了厚厚粉底的脸。我闭上眼。

一双温暖的手轻轻握住了我的手，透过她轻颤的指尖，我能感觉到她的犹豫。

"从前，有一个孤苦伶仃的女孩，被一户很好心的人家收养了，在那里，女孩很开心，她认识了一个特别可爱的妹妹。可是有一天，女孩在医院里，被查出了有先天性心脏病。由于发现得太晚，存活的几率几乎为 0。收养女孩的那位妈妈很好心，还是答应了要给女孩做手术；但妈妈有一个要求，那就是，不能伤害到妹妹。于是，女孩渐渐学着变成一个坏女孩，天天欺负妹妹，让妹妹讨厌她，无视她的存在。女孩还把一切有关自己病情的东西都藏起来，女孩每天花一个小时化厚厚的妆，女孩用鲜艳的衣服掩饰自己惨白、丑陋的身体，女孩把药通通藏进装维生素的瓶子里……但女孩也有私心，女孩很喜欢妹妹，因为妹妹有健康的身体，有阳光的笑容，有纯洁的心灵，让女孩忍不住想要靠近。妈妈答应女孩，让女孩在最后的生命里放肆地活出自己，女孩也这么做了。可有一天，女孩的一切都被发现了，女孩不堪入目的一面，全部呈现在了妹妹面前，女孩很后悔，她想让她的妹妹……原谅她……"

姐姐的声音很轻，很颤抖："小彤，你能原谅我吗？"

我用力吸了吸鼻子，伸手紧握住她的手……

红狐狸

肖沛好

　　"林小月是狐狸。"大胖神秘地凑到我耳边说。似乎是我脸上嗤之以鼻的表情太明显了，被激怒的大胖狠狠地推了我一把，"你爱信不信！"我当然还是坚决不信，人怎么可能是狐狸呢？

　　可是大胖的话太具有煽动性，村小的同学们都信了。从此，林小月只能一个人上下学了。其实，大家也不会平白无故地说别人是狐狸，但是林小月在当时的眼光看来实在是有些特殊，已经15岁了，还在读六年级。这是因为她一直在家里帮忙干活，直到9岁才来上学。她不像村里别的女孩那样羞答答的，她跟男生说话声音响亮，走路带风；最后，也是最重要的一点，她的后背有一大块红色的胎记，据我妈妈说，活像狐狸尾巴。这样，林小月在我们口中就变成了狐狸。

　　大胖将她从狐狸精升格成真狐狸，还是为了最近的一件怪事。据大胖娘说，她有一天起夜，看见林子里有个人影，本以为是贼，没想到是林小月。之后陆续有人看到林小月在林子里晃，可吓人了。

　　我从小好奇心重，虽然知道林小月不可能是狐狸，但也非要弄明白，她为什么半夜跑到林子里去，所以大胖说完那番话的第二周，我就在放学的路上堵住了林小月。她果真是漂亮的姑娘，略微的三白眼带了几分凶相。

我挤出最可爱的笑容说："小月姐姐，你晚上为什么要去林子里呀？这样会被别人欺负的。"林小月一下把我踹到草堆里去。我们在村小门口的土路上厮打，身边围了一圈人。

不过，我这打也没白挨，村里没人和她说话，她憋不住的时候就来找我，我们俩坐在林子里胡扯，把村里每一个人都评论了一番。林小月确实挺有意思，但是她从来不说去林子里干什么，我也开始怀疑唯物论的世界，如果林小月不是狐狸，村里怎么可能有这么有意思的人？

大胖又冲着我说："你和林小月都那么熟了，晚上干吗不跟着她去看看？被发现了，她还能对你怎么样不成？"所以，林小月离开前的晚上，我偷偷翻窗出门，跟上了林小月。那天晚上，偏偏天就那么亮，月亮就像大灯泡似的挂在天上，导致我很快就被发现了。我本来以为林小月会暴打我一顿，谁知道她居然亲了我的嘴。

她的嘴里有一股黑人牙膏味，我至今都记得很清楚，从此不再用黑人牙膏。我当时呆住了，问她："你要和我搞对象啊？"她说："你这毛都没长齐的小屁孩儿！"

我又怀疑她真是狐狸精，要吸我的精气，吓得飙出了两滴泪。她只是对我说："明天你就见不着我了，我要去外地当打工妹。"

可我并不关心这些，就是问她："你是不是狐狸啊？你为啥要亲我呀？"她说："我试试不行啊？他们都说我亲过嘴，我要是真没亲过，不是给她们白说了。"她一边说，一边背过身去，在皎洁的月光下扒掉身上那件褂子。她的火红的胎记变成了尾巴。我眼睁睁地看着林小月就这样变成了一只狐狸，火红、火红的，我从来没有看到过这样红的红色。

林小月果然成了狐狸，果然是狐狸成了精。

等我醒过来已经是第二天晚上了，我抓住我妈的手说："林小月是个狐狸！"我妈说我发烧烧傻了，我又去学校找大胖说，大胖说我是疯了。我跟每一个人说林小月变成狐狸，跑到林子里去了。每一个人都不相信。我真的不明白，以前她们都说她是狐狸，怎么现在又不是了呢？

后来，我去省会上了大学，听我妈说，林小月的骨灰盒被送回村里了，不知怎么了，反正是人没了。

我听着却不太相信，林小月明明就是红狐狸跑到林子里去了，就算她死了也是抛弃肉身修成狐仙了，不知道在哪逍遥着呢！

金　鱼

丰　雷

很久很久以前，当我还是一个踮起脚尖仍然够不着最低的树梢的少年时候，我曾经养过一缸的金鱼。我每天下午放学的第一件事，也是最重要的一件事，便是站在玻璃缸前看着那些鱼游来游去。

鱼的记忆只有七秒，几乎跟没有一样，它们记不住我，但是我清楚地认识它们。金鱼不知道我的生活是什么样子，但它们固执地猜测着，固执地把它们的姿态展现在我的面前，好让我这个"外来生物"在它们面前多站一会儿。

金鱼的观赏性超乎意料地强，怎么看都不觉得烦躁，正因如此，它们往往能与其他动物不同，除了能博得主人的爱惜，还能得到主人的欣赏。每当我跟它们的眼神对上时，我甚至敢打赌，金鱼就是世界上除了人类之外最神奇的动物了。你看它们多漂亮，透明的鱼鳍贴在脊背上，就像一张薄薄的纸片被水沾湿了一样，带着捉摸不透的色彩。它们胖胖的身体在清澈透明的水中晃着，就像摇摇车一样踩着某种神奇的节拍前后移动，我却永远读不懂其中蕴含的道理。

我不知道金鱼在想什么，那时候的我不会懂得什么"子非鱼，焉知鱼之乐也"的道理。我只是喜欢把手伸进水里，静静地感受着，它们就像温柔的丝绸一样在我的指尖滑动，从我的心间掠过。除此之外，我的另一个爱好就是喂鱼。听说鱼是不知道饱的，我不敢喂太多，站在玻璃前面，一点点地往下扔东西。

有时候，我看着金鱼吃东西的样子，自己也会感觉没有吃饱。人这种生物，在最黑暗的谷底时往往会感觉不到饿，他们只会觉得不饱。可是，我们真的知道自己饱没饱吗？我看着金鱼吃个不停，它们是绝对不知饱的。我停下手里的动作，看着它们把水里最后一点能吃的东西吃完，没有意识到自己禁不住咽了咽口水。

我跟金鱼就像活在两个世界里一样，隔着一层玻璃有不一样的空间。很多次我想找一个锋利的东西把那层玻璃打碎，去体会一下它们的世界。甚至最近的一次，我已经找到了平时拧螺丝的工具。我不知道自己为什么想着打碎玻璃，而不能简简单单地把手伸进鱼缸里面去把鱼捞出来。我稳定了自己的呼吸，但是当我的手准备落下时，我不可思议地看见了玻璃从很远很远的地方投射一般地向我飞过来。我扔下工具，却发现那些玻璃完完整整。当我再重新拾起工具时，我又感觉手臂痛了起来。我低下头去，那些破碎的玻璃在我的手臂上划出一道触目惊心的血痕。我连忙把手收了回去，而那些金鱼还在水里好好地摆着尾巴。

我没有再动过打碎玻璃的念头，也没有再去看那些金鱼。不知道我就这样把它们"打入冷宫"，金鱼会不会不习惯；但当我想到鱼的记忆只有七秒时，我又放心了，它们是永远不知道另一个世界里发生着什么的。有时候，我甚至会觉得，如果金鱼真的有记忆、有思维，也许它们也会看到这一层隔阂，并且无时无刻想着出来吧。

后来，我也不知道怎么了，在一天晚上睡觉时，我忽然感觉背后漫上来了一层凉意。我顿时醒了，然后惊呆了。我发现自己房间各式各样的摆设漂浮在我周边，这股凉意是从紧关的房门的缝隙里流进来的水带来的。为什么会有水呢？我站起身来，慢慢向客厅走去。

　　整个客厅都是水，世界是蓝色和透明色组成的。我赶忙低下头检查我自己，才发现自己的拖鞋已经脱离了地面，周围都是气泡。我想大声呼喊，可是没有声音，我只好在水里漂来漂去。客厅根本不大，但是我好像一直在往前漂，永远看不见尽头。

　　最后，我看见了自己认识的那只金鱼。它在水里摇着尾巴，游过来又游回去。我顿时觉得一阵反胃，这是我始料未及的事情。那条鱼刚好回过头来，用它的眼睛看了我一眼。我才意识到鱼的眼睛是没有眼神的，难怪我一直不知道它们在想什么。我本想朝着反方向挣扎，但那条鱼随即又回过头去，就像什么都没有发生一样，晃了一下它的尾巴，慢慢模糊在了我的视野里。

　　最后，我听见了玻璃破碎的声音。我分明清楚地看见，那条鱼从我家的窗户里面游出去了，水随着它的移动全部流了出去，溢满了大街小巷，涌进了每一扇开着的窗户。我稳稳当当地重新落在了地板上，伸手一摸，发现自己的衣服居然是干的。我在旁边的沙发上坐了下来，好久好久都没有想别的事情、干别的事情。

　　从那以后，我家没了金鱼，也没了缸。

狐狸垂钓

桂睿培

清晨的千峰山有岚气环绕。山上树木的叶子互相拍打，竞相落在了河面，使"明镜"有了皱纹。

虽名千峰，但实际只是座小山包。据传曾有位凡人在此飞升成仙，遂将此处命名为千峰山。

山中无人迹，只有云鸟嬉戏。

却见有只红棕毛的狐狸，蹲坐在河边，前爪握着一根苇草，前段垂入水面，似一座鲜艳的小石雕，一动不动。

忽见树林有一小处晃动，飞出两只黑鸟，一个白衣男子踉踉跄跄自林中走出，长相无奇，衣裳却精致高雅胜过大户人家的穿着。他扶着树弯下腰喘了两口气，抬头正好看见那只奇特的钓鱼的狐狸，顿时乐了，将手中酒坛随意放在大树下，抬脚走近狐狸便伸手要抓。狐狸一惊，蹦出几米远，苇草顺势滑进了荷塘里。

男子扑了个空，直起身来拍了拍手上沾的泥土，脸上有了不快之意。他手一挥，召来了一片云彩，"咻"地一下捆住了跑出几米远的狐狸，看起来软绵绵的白云任狐狸怎样用尖爪撕挠都无济于事。

男子得意地吹了声口哨，慢悠悠转身拿上酒坛，拎起"狐狸馅"的白云走了。

山中又重归宁静，惊飞的鸟儿复又飞回树枝上梳毛。

这一拎，竟是将狐狸拎上了仙界。他们在一处宅子门前停下，门应时而开，露出里面的庭院。脚下是层厚厚的彩云，显示了男子的身份：这是位天上的人，也就是人们口中常说的神仙。

仙人将"狐狸云"随手扔在了门廊上，就进到里屋睡觉去了。

留下狐狸在云里躺了一夜。

第二天，仙人伸着懒腰出来，脚上突然有了踢到什么东西的触感，低头一看，便是一愣，随后才好似想起什么似的，一拍脑袋，挥手把云去掉了。狐狸这才从云里滚了出来，这一滚好似才从梦里醒来，张大尖长的嘴，眯起细长的眼睛，就像人类打了个哈欠。仙人看着这缺心眼的狐狸，直到他实在看不出狐狸有丝毫想跑的意思，这才张口道："虽说这是仙界，但我这只是任何肉体凡胎都可上来的三等仙界。不过，话虽如此，你若走出我这设了法的宅院一步，便会坠下凡间，摔成一张饼，所以你——能听懂我的意思吧？"

狐狸抬头看着仙人讲完，又转头看了看大门，眼珠子转了转，然后就趴了下来，缩成了一个"狐球"。

仙人好笑地看着它："罢了，就当你听懂了吧。"

第三天，仙人出了趟门，回来时带回了狐狸住的窝。他还特地带了条鱼回来，想要好好招待一下这位"客人"，但狐狸只是闻了闻就跑了，仙人无奈，只好端起那属于狐狸的食盘啃干净了鱼。

很快，仙人就发现了这狐狸的奇葩之处。

庭院里有一小池塘，里面有假山装饰。第四天，仙人便看见狐狸蹲坐在池塘边，他不知怎的竟从狐狸脸上看出凝重的神色。然后，狐狸缓慢地、小心翼翼地抬起前爪，然后轻轻地放进了水池。

这一微小的举动，蕴藏着的意思，深深震惊了仙人。

为了确认这狐狸是真情实感地想在这儿钓鱼的意思，仙人盯了狐狸一整天。

全然忘了这池子里并没有鱼的事实。

第五天，来了两个打扫卫生的小童。这是仙界的固定待遇，每位没有自己的仆人的仙人都会有仙界安排的小童子来打扫卫生。

对于狐狸来说，这是一场灾难。

两个童子深知仙人不与其他仙交往的性子，这次见他居然带回一只凡间活物饲养，自然稀罕得不行，一把把狐狸抱进怀里上下抚摸，"摸"得狐狸毛都炸开了花。

仙人总觉得，自打这狐狸来了以后，这俩童子来上班的表情都亮了许多，只是苦了这狐狸，每次都要掉一地的毛。

除此之外，似乎生活也无再多波澜。哪怕是一场风暴从海上掀过，海也依旧是海，不会被这场风暴吹成一片沙漠。况且这狐狸实在是比不上风暴。

当仙人以为日子就这么又不平不淡了的时候，狐狸在第十天忽然暴躁了起来。

在仙人看来，狐狸用力地把仙人给它的鱼竿扔进了池子里，当然不会惊动那不存在的鱼。然后它狂奔去了围墙，围着整座庭院绕了一圈，发现无洞可出后，就开始刨土。

仙人惊讶地想把狐狸拎起来，却被向来温顺的狐狸猛地一挠，仙人下意识把狐狸甩开，狐狸掉在地上滚了一圈后，又跑去刨土。

摆明了是一心一意要离开这里。

仙人实在恼火，他想起第一日他跟狐狸说得那么清楚它出去就是死，他以为狐狸听懂了，但是现在看来，这傻狐狸当时肯定是还在和周公玩耍，把他的话当作了耳旁风。

仙人要去拎狐狸，被挠就再拎，再拎再挠，再挠再拎，循环往复，直到一人一狐都累了，靠着墙坐下、喘着粗气。

仙人这才慢慢意识到，一直以来都是他在犯蠢，是他在臆想狐狸能听懂他说话，不知什么时候，他就下意识以为这狐狸是通灵性的，可能是它那实在像极了人类的行为举止，比如那个哈欠，比如这根鱼竿。

现在，这狐狸大概是发现池子里没有鱼，所以它要换一个地方。

仙人觉得狐狸可能自始至终都以为自己还在那个该死的山上，自己只是个普通的人，偶然抓走了它。

仙人一点儿都不想理这蠢狐狸，但又怕它真刨了个洞出来掉落凡间；于是，他故技重施，用一团云彩包住了狐狸。出于好心，他没像上次那样捆得那么紧，可以允许狐狸在里面翻个身。

等童子来上班时，他便不顾狐狸的惨叫一把把它塞到童子怀里。

"帮我带它下凡吧。"仙人这样说。

狐狸被带走后，仙人背着手在庭院里散步。他来到了池塘边，出神地望着水面。

仙人爱发呆。不是喜爱的"爱"，只是习惯。为什么会有"习惯"这种东西呢？

仙人不知道。他只知道他爱发呆，他也知道这狐狸"爱"钓鱼，这几日，他一直在思考他们的习惯是否出于一个原因，这大概也是仙人这几日发呆的内容。

发呆说明这个人很闲，仙人就是一个闲人。他没有晋升的想法，但也不想浪费于他而言已无所谓的光阴。

所以他也曾试着找点事来做。

他搬来一堆生前未能读完的书，只读完一本便头痛欲裂，大手一挥把这堆书挥去角落积灰了。

他试着去广交好友，但他们都忙于修炼以二次飞升，得到更高等级的仙位。仙人不好再去打扰，只好淡了与其他仙的来往。

　　他试着吟诗赏画，举杯邀月，甚至在自己的小院子里播种了一些稻种，每日"理荒秽"……

　　只觉食不知味。

　　最后，他选择躺着，这好像就是无欲无求的最好表现了。

　　天色不知不觉已成黑色，仙人从池塘边拍手站起，站起身来的一瞬间忽然觉得很飘渺，就像他的心忽然变成一片落叶，可落叶归于泥土，他却在无穷无尽的宇宙之中，自由下落，不见归宿。

　　他以为狐狸能给他一个答案之类的东西，但在他下凡的那天，他喝醉了，做了一个长达十天的梦，梦里有一只充满灵性的狐狸在钓鱼。

　　在狐狸回千峰山的路上，两个童子的嘴没有闲着。

　　一个童子说："我还以为仙人这次终于改性了呢，现在看来不过是玩玩的。"

　　另一童子应道："是啊。"

　　那童子又说："其实，我听上任前辈说，他曾抱来一云的书籍，但读了几日就不读了；又搞来许多字画，没过几天就都送人了。可见这仙人是个三分钟热度的。"

　　另一童子应道："嗯。"

　　那童子又说："听说他曾是一个穷苦书生，读了一辈子书，最后还是饿死了。"

　　另一童子问："饿死鬼如何飞升？"

　　那童子说："听闻是在进京赶考时，路过一座小山头，救了只被困的狐狸，结果错过了考试日期，身上已无盘缠，便饿死在了回去的路上，好像也是在那座山头。大概是因此莫名其妙感动到了天神吧。"

　　另一童子感叹："幸运儿，我只能看到他的愚蠢和倒霉。"

那童子说："但他若再努力修炼，还能拥有更高的仙位和法力，哪像现在这样在三等仙界游荡，法力仅够扯朵云玩呢。"

另一童子说："其实那日，我在打扫他里屋时发现他桌案上搁着一张辞书，似乎要辞去仙位重返人间呢。"

那童子惊讶道："啊？"

话语完毕时，已到千峰山。

两童子照仙人吩咐把狐狸放在湖边，抹去它这十几日的记忆，迅速离开了。

狐狸醒来时，山间只有鸟鸣。它抖抖耳朵，站起来，看向了湖面，似乎很茫然。不一会儿，它跑进了树林，再出来时，嘴里衔了一根细长、弯曲的树枝，它叼着树枝来到湖边，蹲坐下来，前爪握住树枝一头，另一头垂入水面，成了一座小石雕。

忽见树林一处晃动，飞出两只黑鸟。

远处传来一个年轻男子的声音。

"呼，这树林怎么这么不好走——咦，一只钓鱼的狐狸？"

一个身穿灰扑扑的布衣的书生一脸惊奇地看着这只狐狸，不过两秒便扭头走了："哈哈，有意思啊。"

笑声随着距离拉远，渐渐消失在了"挥手示意"的树林中。

山间重归宁静，惊飞的鸟儿又返回鸣叫。

突然，树枝动了一动。

仲夏夜之梦

谷 丰

　　当高一重新开学，陈文若面对着一张张陌生的面孔时，他总能想起几年前自己刚成为老师时教过的一个学生。那个学生给他的印象太深了，以至于当他的眼神扫到某个位置时，他总以为这个学生还坐在那里。

　　赵初渊，长长的马尾辫，校服长得像裙子，还有点发黄，唯一不显得她落魄的是她穿着一件非常拉风的、洋气的红色外套。她讲起话来声音甜甜的，但不知道为什么总带着一副酸溜溜的表情。上课回答问题，语调更是提高了八度，语速飞快，像憋了一个世纪一样。最恐怖的是，这个学生完全没有纪律观念：每天一边上课一边面无表情地吸饮料。甚至有一次，陈文若上课时发现，她居然蹲在教室后面垃圾桶旁边津津有味地吃一碗热气腾腾的云吞。当他的眼神扫过来时，赵初渊又装腔作势地把手抬到垃圾桶上面晃一下，然后笑嘻嘻地接着吃起来。从来没有看过她跟哪个学生走在一起，好像也不怎么跟周围的人说话。

　　这种有点奇怪又捉摸不透的学生很能引起老师

的注意。于是，陈文若第一眼就望见了趴在教室最后一排桌子上的她。

自己第一次跟赵初渊说话是什么时候呢？这个女生挑着细长的眉毛，拿着本子阴阳怪气地说："老师，为啥我作业全对了，您不给我优，只给了良啊？"陈文若愣了一下。他以为这种难题全对的学生往往是随便抄答案的；但赵初渊偏偏那么理直气壮，压得他半晌才说出一句"对不起"。

陈文若发现，这个奇怪的学生成绩居然不错。虽然在他讲课时赵初渊一直不停地在下面自言自语，但把她点起来回答问题时又一套一套的。

赵初渊成功引起了这位年轻老师的注意。当他把这个班的随笔本收上来时，立马抽出了赵初渊的本子。

"这周末，初沐姐从美国回来了，给我带了很多礼物。她的好意我心领了，但是我更希望她不要回来，她一点也不懂我。那些礼物真像藏满了蛀虫的锦缎，空虚得紧……夏夜短了更短，哪怕是神仙也控制不住人心，我又怎么能把每件事做得面面俱到！如果我是仲夏花园里的蝴蝶，那我便是被限制了飞翔的能力，假如我看见了一枝玫瑰，那玫瑰便要在我面前凋零个干净！没有人信任我，但我也想将自己细心编织的晚风带向远方……"

陈文若又愣了一下。他不知道赵初渊那边发生了什么，她似乎有一个很复杂的故事。他唯一的猜测就是赵初渊有个在美国的姐姐叫赵初沐。他觉得这个女孩的心绪就像莎士比亚笔下的精灵，忽隐忽现地神秘；又像极了流星，在划过天空的一刻闪耀绝伦，却又有点自我毁灭。

之后，陈文若就养成了每次先看赵初渊随笔的习惯。他渐渐了解到赵初渊的背景，并且感觉她其实是一个不错的女孩，只是她一直带着一种说不出的压抑的气场。为什么会这样？陈文若觉得自己操心得多了，但每当他打开赵初渊的随笔本时，总觉得她就背对着自己，声音清晰得让人害怕，轻声重复那句"我宁愿吟诵十四行诗，作为仲夏夜的开始"。

语文课代表都说他偏心赵初渊了，他也清楚课代表的话赵初渊肯定听见了，但这个女生从来没跟他说过一句多余的话，并且上课仍然永远一边吃喝一边端着一副"你讲你的，不关我事"的表情。

自己了解赵初渊是什么时候呢？高中的第一次期中考试完了，陈文若一边评讲试卷，一边看着班里同学的表情——谁考得如何，都写在脸上。只是他不知道赵初渊在想什么，因为她的头一次都没抬起来过。直到下课，他才发现赵初渊面无表情地坐在垃圾桶那里干啥，他以为赵初渊又在吃云吞了；但等他走近一看，发现她在撕纸。再走近一看，发现她居然在撕语文卷子。

陈文若愣住了。

"你跟我出来。"

赵初渊直挺挺地躺在陈文若的办公椅上，面如死灰地跟他说了一句："老师，我完了。"两只眼睛就开始直直地盯着前方，然后就没了反应。办公室里没有其他人，陈文若开了个空调，又等了半天，赵初渊才开始接着说道："我完了，我考这个分数都不敢回家了。我妈会打死我的，拿着衣架追着我跑的那种，没准还会把我赶出家去……你不知道吧，我亲姐在哈佛读博士，跳级的，还经济、法律双学位，厉害死了……总之，跟她比起来，我什么都不是。我两个堂姐，一个在新加坡当教授，一个今年刚考上北大。我们家又重男轻女，男孩个个都是宝，其他女孩有她们的出路，打得出自己的天地。可我就不行，我用的东西全是我姐姐剩下来的，大家都不在意我，更别说喜欢我了。我长这么大用的唯一一件新东西是我姐的男朋友给我的一件外套……哈哈，很搞笑吧，外人反而比家人更关心我呢！"

陈文若刚准备扭头去搬个凳子跟她慢慢说，结果这个一向平静的赵初渊忽然大声哭了起来，一边哭一边大声喊："为什么要给我这样的背景，为什么要把我生在这样的地方，为什么要给我这么多负担！在我家人眼里，在我亲人眼里，在我自己眼里，我永远都是最抬不起头的那个人……"

"可是，你宁愿一辈子不读书，什么都不知道吗？你宁愿放弃这些能跟你在一起的优秀的人，到一个偏远的地方永远发展不出来吗？你应该感谢你现在的状态，感谢你现在的生活，去热情地做一些改变。"陈文若这么久以来第一次打断了这个能说会道的学生的话，他说完也发现自己有些激动过头了，但他又遏制不住自己。赵初渊的话中有那么多痛苦，一个女孩在他面前撕下了自己所有的伪装，无论是出于老师对学生的关爱，还是人与人之间的情感，他都没有办法用一种平稳的语调去跟她说话。

赵初渊慢慢地抬起头，刚好对上他的眼睛，甚至有那么一刻，赵初渊感觉他那对厚厚的镜片下面藏着真挚，她脑子里顿时一片空白，不禁一怔，也停止了哭泣。

"你知识面很广，说话很有深度，成绩其实也不错。你知道吗？是你对自己的要求太高了，你的家人肯定都是相信你、深爱你的，他们不会因为一些你所认为的东西去不同地对待每一个人。"

赵初渊继续靠在椅子上，伸手接过陈文若递给她的纸巾开始擦眼泪。又过了好久，她才点点头，慢悠悠地说："老师，谢谢你！我走了。"

当赵初渊站起身来准备走时，陈文若一把拉住了她的手臂。赵初渊回头怔怔地看着他，陈文若觉得有些尴尬，把手收了回来。他这才发现，赵初渊一边的袖子长到遮住了手，另一边卷得老高，还带了两块手表，心想这个学生怎么这样，不禁觉得有些好笑。

"你不是作文没写好吗？以后这样，你每次写完作文来找我，我给你单独讲。其他问题，能帮得上你也行。"

赵初渊的眼里分明闪过了一丝感动，但她点了点头便不再说话，转身走了。

自己跟赵初渊熟起来是什么时候呢？陈文若每次都第一本看赵初渊的随笔，并且每次都不忘记回复她一些话。赵初渊的文字就像寂静的黑夜，如诗一般平稳，推进缓慢，语调平淡，透露着一股孤独的忧伤。不出意料的，赵初渊也会来找他改作文，也会跟他说一些自己不顺心的地方。只是日子久了，赵初渊便从不顺心的事更偏向了自己傻乎乎的日常。当他看见赵初渊时，总能感受到她的脸上带着恬静笑意望着自己，当她甩着本子走出办公室时，也不禁为她开心。说实话，他不仅仅是被赵初渊的情绪感染了，更是因为他从这个学生的身上获得了作为一个老师的成就感。

大家都注意到了赵初渊的改变。她把头发仔仔细细地梳到不落在脸上，哼着歌去参加校队的训练，上课不吃东西了，也没有再因为奇装异服被年级主任抓着说好久。她甚至开始跟周围的人聊天，每天中午在一群女生中间一起吃饭，还跟男生称兄道弟起来。

自己最后一次跟赵初渊说话是什么时候呢？转眼就快期末考试了，眼看下学期重新分班，陈文若有点舍不得这些学生。今天是他在这个班上的最后一节语文课，但这节课比平常又安静了许多，他发现赵初渊的位置是空的。生病了没来学校？陈文若有些遗憾地回到自己的办公室时，却发现赵初渊身上没有穿校服，端端正正地坐在自己的椅子上等他了。

"老师，我托福考了 118 分，下半年出国了。我以后都没有机会学语文了；但我想说，做你的学生很开心，不仅是你帮助了我提高成绩，更是因为我还学到了一种面对人生的不一样的心态。这么说吧，我感觉这段时间就像梦一样。"赵初渊说着，从包里掏出了一个信封，"这是我写给你的，你认真看。我叫的车要到了，以后我回国、回学校都会来看你的。"

陈文若又愣了，她怎么这么突然就要走了。他早就想过下学期自己不会再教赵初渊，但他没有想过以后在学校都见不到她了。一时间，他感觉自己的心被狠狠地挖下来了一块。赵初渊走到门口，回头给他又打了一个招呼，他没有反应过来。赵初渊人影都没了，他才对着空气点了点头。

陈文若打开那封信，里面是一张纸条。正中央写着一行字："在黎明的阳光从山顶照下来时，我所见的一切就要归于平静了。在这场梦里，如果我有什么超越了藩篱的情感，就一定要在最后说出来。再绝伦、再精致的笼子，也关不住金丝雀。对不起，老师，请原谅我，我有一个秘密。"

陈文若把纸翻到背面，上面赫然写着三个大字——

"我爱你。"

他痛苦地叹了一口气，眼前发黑，按着太阳穴坐了下来。他也不知道自己在椅子上靠了多久，但赵初渊的声音似乎一直在他身边。

"森林太宁静，又太远离世俗；但是哪怕在这种神秘的地方，一曲没有休止符的歌是不应该被奏响的。既然我生不逢时，我就无可奈何。"

陈文若好像又回到了和赵初渊见面的第一天——长长的马尾辫，校服长得像裙子，还有点发黄，唯一不显得她落魄的是她穿着一件非常拉风的很洋气的红色外套。赵初渊就分明地坐在那里，咬着饮料吸管，歪着头看着他。

他就像知道赵初渊会对他说什么一样，按照自己的感觉说了下去。那一刻，他感觉自己真的听见了两个人的声音重合在一起，然而空荡荡的办公室里除了空调的声音，只有他一个人的声音在回荡。

"仲夏的夜太短啦！……"

回　家

郭丽旋

"丁零零！丁零零！"一串刺耳的手机铃声划破清晨的寂静，将他从梦中吵醒。他眯着眼胡乱地在床头摸索，约半分钟才寻到手机，拇指一滑贴在耳朵边上："喂？"

"哥，妈过世了！你快回来吧！"隐隐的抽泣声如一盆冷水将他彻底浇醒。

怎么可能，上周不还好好的吗？他怔怔地发着呆，听着电话那头的声音，却不知道说了什么。

挂了电话，手机屏幕上显示现在是六点一刻，七天前同一时间往后推一个多钟头，是一阵敲门声将他吵醒的……

"砰！砰！砰！"

他趿着拖鞋从卧室里走出来，头发来不及梳，乱蓬蓬的顶在脑袋上，身上的睡衣皱巴巴地拧着，一块衣角还塞在裤子里。他边应着"来啦来啦"，边在心里骂骂咧咧道："有病吧！有门铃都不摁，大清早不让人睡觉，催命呢……"

开了门，是多年没见的母亲。她短发半白，身材清瘦，挎着硕大迷彩旅行袋，一见他，欣喜就迅速堆满了每一条皱纹："儿啊，妈来瞧你来了。"说着，就一头钻进了屋里。他眉头微皱了皱，当看到妈将各种腊味、腌菜、腐乳、干豆角等掏出袋子摆在桌上时，眉头就蹙成了"川"字。

"妈，你怎么一声不吭就来了？还带这些做什么？"

"让你回家，你就是不回，我就自己过来了呗。这是给你和囡囡吃的。囡囡呢，还没起床？"

"大周末的，孩子贪睡，而且……"

后面辩驳的话还没说，只听"吱嘎"一声，女儿小英揉着朦胧的睡眼从卧室里走出来，嘴里嘟哝着："爸爸，怎么这么吵啊？"母亲丢下手里的活，一个箭步迈上去，拽过小英就翻来覆去、上上下下地看，又亲又抱，喜欢地说："哎哟，这是囡囡吧？都这么大了，上几年级了？认得我不？我是你奶奶啊！"小英一脸迷茫。

他读懂了女儿的神情。

他大学毕业不久就结了婚，对方是独生女，家里是开饭馆的，两人高中就认识。婚后，他和妻子一起经营饭馆，与母亲住在一处。后来因为生意不景气，两人就离开家乡，到远在千里之外的城市工作。他进了一家销售公司做推销员，刚开始处处碰壁，业务成绩怎么都上不去，面临着被辞退的风险。偏偏妻子有了身孕，辞职在家，日子过得捉襟见肘，连回家过年、过节的火车票都买不起，他也没脸回去。母亲常常打电话来问候，听说有了孩子后更是让他们多回家看看，他每次都草草敷衍过去。他从没有主动给母亲打过电话，白天焦头烂额地跑业务，晚上回家就累得闷头大睡。

女儿出生后，日子仍不见起色，他和妻子的争吵却愈来愈频繁。这样磕磕碰碰又过了一年多时间，他离婚了，孩子由他抚养。母亲听说后，总在电话里抱怨他太冲动，几次提出想来帮忙看孩子，都被他拒绝了，理由是不想让妈太劳累，实际是嫌母亲来了只会增加自己的负担。也许是该经历的苦都经历了，凭着积累的人脉和销售经验以及销售能力的大幅提高，加上摸爬滚打后学会了察言观色、阿谀奉承，他的工作开始迈上大道，越来越顺，不出三年就坐上了销售主管的位置。

他带着女儿搬进了这个花园式小区。这里住的都是有点身份地位、收入颇丰的人，他正是奔着这个原因来的。宽大的小区游泳池、广场的大理石雕像和人工喷泉、欧美式的建筑风格、明亮宽敞的两厅两室……都使他兴奋得两眼放光。他暗暗发誓，这才是自己想要的生活，让那些粗俗、恶心的东西都滚得远远的！

所以，他从没带女儿回过家乡，面对母亲的询问，都以工作忙搪塞过去了，其实是忍受不了泥巴路，忍受不了脏兮兮的厕所，忍受不了狭窄、潮湿的房间……

母亲只待了两天就走了。这两天里，他限制母亲这个，又限制那个，眉头没有舒展过。女儿想吃那些腊味，他就骂道："死丫头，这些东西不干净，小心得病！"送母亲出门那一刻，女儿依依不舍地抱着她说："奶奶再见！"他则如释重负。

一切都很正常，为什么突然就过世了呢？

一天下来，又有几通电话，都是催他回去的。他模模糊糊地应着，心里有点堵，直到接了最后一通电话，眼泪终于扑簌簌地往下掉……

"妈妈，那外公最后回去了吗？"

"嗯。你外公最后才知道你太祖母患了病，那次来看他奔波了三天两夜，坐了三十多个小时人挤人的火车，赶了两三千里的路——你知道吗，太祖母只上到小学二年级，识字有限，大半生出远门的时候并不多——结果只待了两天就走了，回到家不久就突发脑溢血过世了。你外公一直觉得，是他害死了你太祖母。

"后来，你外公辞了职，搬回老家住了。其实早就应该回去了，你太祖母打了那么多电话让你外公回去，他都不回，所以她只能跑这么远的路来见他，没想到是最后一面。"

　　"那妈妈，我们现在是要回家看外公吗？"

　　"对呀，不管走多远，一定要回去的。"

　　开往家乡的大巴上，小英搂着女儿，目光投向了窗外……

穿越者

未 挣

何子灵

　　村里来了位怪人，着白衣青衫，身高七尺，面容清秀，剑眉星目，背一把筝，在乱葬岗旁的小茅草屋安了家。那儿葬的都是无名的人，说是会闹鬼——寻不到回家路的异乡游子、马革裹尸的战士、无依无靠的乞丐一类的人，死了就变成了孤魂野鬼，怨气极重。那位怪先生在此住了几天，倒也相安无事，每日清晨都会在门口抚琴。

　　娘说，乱葬岗不是什么好地方，那琴声怕也染了戾气，不吉利，娃娃小，阳气弱，听了怕是魂都会给勾走的。

　　又过了几天，邻家阿三的女儿在大喜的日子丢了，留一只红绣鞋在床边，窗户大开，半夜里一点儿声响都没有，就这么不见了。阿三请了村里的入道仙师来看，那老头捻起一撮床上的灰，扔进一只钵里，又撒了一点儿不知道是什么东西的粉进去，人什么都没动，可这钵里等了一小会儿便起了火。众人一惊，只见那仙师捋了捋胡子，颤颤巍巍地指着窗外道："怕是厉鬼附身……跑了啊……"阿三一震，抓起火把就往乱葬岗跑，拦也拦不住，还未靠近，只听得一阵悠扬的琴声，群鸟惊起。

"是招魂曲！快跑！"

娘捂着我的耳朵，抱着我一路狂奔。那乐曲我只听了个头，后面颠簸之中，我伏在娘的肩头睡着了。再醒来时，天正蒙蒙亮。我悄悄地穿上鞋，披上一件夹袄便往乱葬岗走。

我从小就是这个性子，好奇，胆儿也大，是村里的孩子头儿，上树摘李子、下河摸泥鳅都有我的份。我娘就时常和我讲"好奇心害死猫"一类的道理，一双眼睛恨不得天天黏在我身上。

我娘怕，我可不怕。

乱葬岗，人未近，声先起。

还是那个开头，琴声缓，但声声有力、厚重。一轻一沉，一急一慢，一来一回间，丝弦之颤动，颇有韵味。我听得正入神，琴声却戛然而止，随之是长长一声叹息。

"姑娘一大早光临寒舍，可是有要事相求？"

"我……我来找庆红。"我探出半个头，底气不足地说道，"稀毛神仙说，她在你这。我就过来……瞅瞅。"

"庆红？"

"对。她……她比我矮半个头，左脸颊那里有一块半个手掌大的胎记。她爸叫阿三，是个方头矮子。她……"

"可是一个穿一只红绣鞋的小姑娘？"他打断了我。

"是……等等，庆红当真在你这？！"

他笑了笑，起身收起筝。

"你怎么不弹了？"我起身追上去，"哎，你还没回答我的问题呢！庆红是不是在你这儿？"

"我可不知道那位庆红姑娘的下落。"他抿唇一笑，"姑娘请回吧，我就不送了。"

转身，不再搭理我。

那日一别，我对那小茅草屋便起了兴趣。田间的蛐蛐儿，邻家的熟瓜甜枣儿，一切的一切都比不上那个怪人、那把筝好玩。我几乎每天都会跑去乱葬岗，坐在那小茅草屋的门前看，听着那些不知名的曲子，一待就是一个下午。

他也不理我，自顾自地弹奏。我发现，他每次弹奏之前都会有一个起势的动作，总是要把手扬得很高很高，再落下来。这个时候，他过于宽大的袖子扫过琴面时便会发出轻微的沙沙声。他好像总是喜欢用指尖弹琴，腕与掌锁住了般一动不动，动作好似握着个鸡蛋似的……时间久了，连我都有点似懂非懂了。一日，我坐在门槛上，正学着他"握鸡蛋"的手势玩，他忽然停下来，喊道："喂，小姑娘。"

"这几日里，那些曲子，你都有认真听吗？"他问道。我点点头，不明所以然。他低下头思索了一会儿，抬手随意地弹出一段我没听过的曲子，问："这曲子，你听到了什么？"

"嗯……我觉得像臭三沟桥洞下的水声。"

他眼睛一亮，抚琴，又是一段，丁零咚隆的，甚是好听。

"这个呢？"

"好听是好听……但是像阴风吹到乱葬岗，怪瘆人的。"

他放下琴，起身走到我跟前，定定地望着我，张口似乎要说什么，却又说不出口。起身在屋子里来回转了几个圈，犹豫了半晌，下定决心似地走回来，把琴放在我跟前，方才问道："想学琴吗？"

他视那琴为宝贝，生怕磕着碰着。小小的茅草屋就那么点儿地方，他硬是用拾来的干草和外衫给那筝铺了张"床"，自己反而就裹着一张薄被睡在地上。

可现在，他把那宝贝放在我跟前，问我："想学琴吗？"

我慌张了。

"只要你想学，你会学得很好的。我曾经也是这样的，你相信我。"他的声音很轻，却很有说服力。

"可是……我娘说了，学乐器是最没用的了。"

"我会教你，手把手地教你。教你识曲，教你谱曲，教你弹琴。"他看着我，前所未有地真挚，"学琴可能喂不饱你的肚子，但至少会让你快乐一点儿。"

很轻的一句话，我却被打动了。

"那就是说，你会教我'握鸡蛋'的了？"我笑了，伸出手模仿他弹琴的样子。

"握鸡蛋？"他皱眉，满是疑惑，看着我的手势，也笑了出来。

"对，我会教你'握鸡蛋'，还会教你很多很多东西。"

娘从来没和我讲过礼仪一类的，我不知道怎么做，只能跪在地上给他磕了三个响头："师傅好！"

他定定地看着我，半晌，嘴角带起一丝微笑。

"起来吧。"

他要我每天下午找个时间来找他学，时间任意，他都在，作为回报，我得每天给他捎去三个馒头、半碗咸菜——这挺简单的，只要我每餐八分饱就能省出来。我还没上过学，不知道老师是什么样子的，但是我猜他应该是个好老师——他谈不上脾气暴躁，是个温柔且随和的人。尽管如此，他还是很严厉，平日里我犯了错，该骂的骂，该打的打，绝不留情。久了，我也和他有了点感情，我把他当兄长，他也把我当成半个亲人了。

他除了吃馒头、咸菜，偶尔也会自己跑去溪边摸摸鱼或者去摘点果子来吃。如果我来得早，烤鱼也有我一份，我们俩就坐在茅草屋前面那片空地上，一边啃着鱼一边东聊西聊。

我不知道我叫什么名字，只记得我娘平时喊我"Jiang 儿"。

"Jiang？ Jiang……如果和我想的一样，"他低下头沉思，"那可真是个好名字。"

"我也不知道娘怎么喊我的，是酱菜的'酱'，还是牛脾气的'犟'……总之，不是什么好名字。我娘说了，贱名好养活。"

他没有回答我，只是轻轻地摇了摇头。

他好像什么都知道似的——林子里的花花草草，他都能喊出个不一样的名字来；池子里的鱼儿，也知道哪条吃起来最嫩滑。

但他最明白的还是他带来的那把琴。

他每每谈起那把琴，目光总是前所未有的虔诚。他说过，这琴不只是块木头，它有灵，也有名字，叫"双鹤朝阳"，长八掌，宽三掌半，阴雨天里总爱耍小孩子性子，玩弄不得的，天晴的时候最快活，音色也好听。

他说："最贱是琴；最贵，同样是琴。"

他还说，每首好曲子里都是有灵魂的，不是随随便便几个音调就成的。它像一支笔，记录的有时候是一种感情，或是一种景象，或是一个人，十百万千，都是实实在在存在的。

学了那么久，可他始终没答应让我上手弹琴——不是说我手势不准，就是说琴状态不好要保养，要么就责备我没懂曲子里的东西。我也搞不懂，捉摸不透他的性子，弄不明白那些什么人情世故、花鸟走兽，更加捉摸不透这把琴了。那把琴仿佛真的是有灵的，在他手上时，彩漆油亮炫目，离了他的手，立马黯淡下来。

这天，娘要去市里面，我帮着准备了一天，等娘出发了，时候已经不早了，我连忙拿上偷偷攒下的馒头跑出去。

"今天怎么来这么晚？"他皱了皱眉头，"这太阳都快落山了。"

"今天娘要上市里采购，下午要我帮忙准备，来的时间晚了。"我喘着粗气，"不过，今天我可以晚点儿回家了。"

"你……"

"好几天没听到师傅弹琴了……今天可以吗？"

"晚上露水多，湿气重，对琴不好，这……"

以往我还信，可今晚不知道为什么，我分明看到那琴在门帘间投射进来的微弱的月光中闪着异样动人的光芒。

"师傅，你看，那琴分明很好。"我壮着胆子顶了回去。

"这……"他也怪，支支吾吾地，什么话都说不清楚。

"师傅。"我又喊了声，定定地看着他。

"那，"他长长地出了一口气，"今天，你要不要试着弹一下……就一下。"

我的眼睛立马亮了起来。

"好！"

我学着他平时的样子，轻轻地把盖在琴面上的布掀开来，"握好鸡蛋"，扬起手臂，缓缓落下。指尖触碰到琴弦的一瞬间，痛感却比声音先到，随后一阵琴音，锐利得仿佛杜鹃啼血时候的悲鸣，响到可以听见纤维在断裂、挣扎。

"啊……痛……"我皱眉，抬手一看，右手食指处冒出点点鲜红的血珠，滴落琴面。鹤眼瞬间被染红，他站在我身后，愕然，手足无措，久久不语。

"你……琴不是这样糟蹋的。你走吧，不爱惜琴的人，我是不会收作徒弟的。"

也许一开始我真的是抱着玩玩的心态学琴的，但在他的感染之下，久而久之，我发现，琴对于我来说，意义真的不如以前了。

"我……我会好好学琴，好好爱惜琴的。"说出这句话的时候，我的声音轻得如同羽毛掉落在棉花堆里，毫无底气。

他看着我身后的琴，眼神里满是愤怒和心疼。

可……为什么，为什么我会觉得他看向我的时候，分明有不舍与不忍？

"走！"他指着门口，全身都在颤抖，"走。"

我出了门，可天明明还大亮。远处炊烟还未升起，饭香还没飘出来，我回身看去，茅草屋已大门紧闭。

我一瞬间备感迷茫，不知道去哪好了。

回到家，刚进门，却发现母亲坐在堂中，整张脸因为愤怒而扭曲了。她抓起鸡毛掸子就往我身上打，一边打一边哭着骂："反了你了！到哪鬼混去了！你别以为我不知道你去了那种不干不净的鬼地方，还和那个怪物混在一起！我叫你不听话瞎跑！叫你学琴！我看我把你的腿打断了你还跑不跑得动！把你手打废了你还弹不弹！"

我将身子缩成一团，在地上翻滚着，哀号着——这样，母亲的掸子常常落空，待她打累了我再认个错，这事就算完了；但是，不知道为什么，今天娘的掸子格外地准。我的反应越来越慢，力气也仿佛给抽空了似的。娘的掸子在我身上扬起尘沙，我的意识越来越模糊，痛感也越来越弱——我想是娘不打了，但我后来什么都不知道了。

过了很久——说不清多久，好像又很短，只是眼睛一闭一睁——我醒来，却又好像在梦里。我只感觉自己的身体轻得像尘，坐起，走过去拿我挂在床头的小袄披上，却没有感受到任何重量。我心里慌慌的，没有着落。恍惚中，我好像睡着了，脚却在跑，快到身体好像和风筝一样要顺着风飞起来，我再次"醒"来时，眼前是乱葬岗。我的师傅端端正正地坐在我面前，收势，似乎刚刚演奏完一曲。

"来了？"

"来了。"

"你怎么会来？"他看着我，苦涩地笑了。

"我不该来吗？"

“你已经来了。”他看着我，眼神里没有惊喜，好像什么都预料到了一样。

“刚才是什么曲子，我怎么好像没有听师傅弹过？”

“是。此曲为此琴所作，名为……”

“名为什么？”

“绛。”

“Jiang？”我皱眉，心口却闷闷的，喘不过气来。连锁反应似的，头也跟着痛了起来。一些好像被遗忘了很久的东西涌入我的脑海，我却什么也记不起来。

身体突然被一股什么力量拉走，掉进了一个旋涡。

他的手在空气中，一笔一画地写下。

“绛。”

我看着他的嘴巴一张一合，眼前的景象越来越模糊了。

“……绛儿！绛儿！醒醒！”

再次醒来已经是第二天下午了，我起身下床，却发现脚底脏兮兮的，像在泥里跑了很久似的，可是……

“娘，我跑到哪里去了？”

“你昏迷了一个晚上，哪里都没去啊。”娘惊愕地看着我，“娘就守在你身边，一个晚上没闭眼，你还能跑到哪儿去？”

娘的手抚上我的额头：“没发烧啊……怎么说起胡话来了……”

“娘，我饿了，”我把话题岔开，“我想喝碗热粥。”

“行，娘这就给你熬去。”娘走到门口，顿了顿，“这几天，你就在家好好休息，不要出去了。”

娘走了，我却陷入了沉思。

哪儿都没去？

也对，我还能去哪儿。

但是，冥冥中我猜到，奇怪的感觉和那个人肯定有关系。

我得彻彻底底地问清楚。

等到娘端着热粥回来的时候，我喝着粥，犹豫了半天还是开口了：

"娘，我想出去。"

娘看了我很久很久，没有说话。

"娘。"我的声音很轻，但很坚定。

"你喝粥。"娘转身离开，"一会儿凉了。"

"娘，我想出去，家里这么闷，我想出去玩儿。"

"喝粥。"娘打断了我，"一会儿凉了。"

娘出了房间，没有再理会我。

我们家不穷，但也不富。娘是镇上数一数二的好绣娘，但家里只有我和娘两个人。爹在我好小的时候就出去了，不知道什么时候才回来。娘说爹爹在好远好远的县城里打工，赚了钱再寄钱回来给我们。我们和爹爹唯一的联系就是每年秋收的时候娘托邮局的张姨写好给县城寄去的一封信，可这么多年了，我都不知道娘每年都会和爹说什么。

这个小镇就那么点地方，十年了，镇里再远的人家也探访完了吧。这么多年，我们都这么过来了；可是，都这么多年了，这个世界怎么能什么都不变？

我也不知道这样做究竟是对是错。

娘不知去了哪里，天快黑才回来。

"娘，你去哪儿了？"

娘站在门口看着我，久久没有说话。娘身后是一串泥脚印，眼角是泪痕。

"娘，你到底去哪儿了？"我站起身，企图从娘的眼睛里读到什么。

可我看到的尽是悲伤。

"你下决心要走了吗？"

"发生什么了，娘？"

我急了，冲上前去拉娘的手——冰冷，掌心全是汗。

"娘，你怎么了？"我扶着她慢慢坐下，"你去了什么地方？发生了什么？为什么说这种奇怪的话？全身都是冷汗？"

"你当真想走，想离开这儿吗？娘问你，要个答案。"

我忽然意识到，我是真的长大了，有些东西我曾经不知道，甚至可能一辈子都不想知道；但是现在，长大了的孩子必须知道，因为我要自己做决定了。

我莫名兴奋，又莫名害怕。

小时候，娘去哪，我就在哪——娘去哪家裁衣服，我就跟着和那家的小孩子玩，和我娘一样在那家吃住。

"你总有一天要走的，要走出去，自己讨个活法。"

这样的话，忽然有一天，就变成了娘的口头禅。娘说起这句话的时候，看似漫不经心，眼底却又很复杂很复杂。

如果一直以来，都是娘在领着在走，那么这一次，我想，我需要主动一点儿，站出来承担那些本就属于我而非娘的责任。

我抚着娘的背替她顺气，犹豫来犹豫去，最后还是开口了："娘，我想到市里去看看……"

娘摇摇头，侧过身子，把我的手放在她的膝头上。

"绛儿，有些事，娘和你不好一个人做决定，要不，我们问问你爹的意见？你看你爹在市里待了这么久，那些个事情问他最好了，而且这也快到秋收了，今年的信就问问吧，告诉他孩子也大了……"

"我爹？又是我爹。"我站起来，看着娘，"每次有什么事都要问他，明明知道问了也不会有答案。出了岔子又一直放在那，就当忘记了，可哪个结会自己解开？"

"绛儿，你不要这样说话。你爹他忙不过来，所以回不了……"

"忙了快十年了，娘！连回个字条的时间都没有吗？"

"那市里不是寄信贵嘛，你爹是想把钱省下来，等你大了好供你读书……"

"读书？我早过了入学的年龄了。那钱呢？现在都不知道在哪，待在市里如果也挣不了几个钱，那还有什么用，还不如回来帮着你干活。"

"绛儿，你千说万说，可你要到市里去，这不是件小事，你爹他有权过问。"

"过问？就凭他。"我冷笑，"连自个儿的闺女都不知道多大了、长成什么样儿了的爹，有资格吗？"

"啪——"

我脸上留下了清晰的五道印子。

娘打我，可从来没扇过我。

我的眼泪忍也忍不住。

"娘！我是小，不懂，可我不糊涂。人家爹好歹在，好歹会带着自家的孩子，可我家的呢？我凭什么认他？凭什么！"

"凭你身上流着的血！"

娘的眼眶红了，眼泪落在地上。激烈的争执，我和娘都喘着粗气，面面相觑，却再说不出一句呛人的话。

"杀敌一千，自损八百"说的大概就是这样吧。

那个被我称作"爹"、被我娘称作"丈夫"的男人，在市里，一个我们都看不见的地方，生活了十年有余，没有联系，没有音讯，也许活着，可是就和死人没什么两样了。

说难听点，死人好歹碑上有张照片知道长个什么样子，可我明明是他的亲生女儿，却连他的样子都不知道。

市里的那个"爹"是我和娘心里的一块疤——我猜娘和我一样，

谈起他，心里最柔软的地方都会被锐利的刀划开，血肉模糊。

我忽然很想念那个乱葬岗的男人——明明陌生，却待我如儿女一般。

以前，娘说过不准去的地方，我就算是去，也只敢偷偷地站在远处看一眼。

现在，我居然敢当着娘的面夺门而出。

"你要是敢去乱葬岗，我就打断你的腿！你给我回来！"

娘的声音在我身后渐渐隐去。我不敢回头，一直往前跑，可我跑了很久，也没有听到身后有脚步声。

站在乱葬岗那片林子的边界，我回头看，才发现，娘没跟上。我等了好久好久，伸长脖子去望，那条路虽长，却能望到尽头，尽头就是我家，可我望了好久好久，也没见着我娘的身影。

娘没有追出来。

我反而找不到回去的理由了。

我跑到小木屋那里去，敲门，没有人应。我推门进去，他不在，只剩下那把琴孤零零地立在屋中间，盖着那块布。

脑子里忽然回忆起昨天奇怪的旋律，越来越清楚，脑海中甚至出现了他绚烂的手法，一幕一幕，清晰可辨。

我走过去，掀起那块布，盘膝而坐，将它放在膝头上——双腿间的重量让我意识到它真真切切地在我身边了。我抬手，小心翼翼地扫过琴面，清脆的弦音像是一种无名的诱惑，我抬手起势，缓缓落下。

我的指尖落得很轻，很轻——虽然那个男人已经把上次坏掉的弦又换了新的上去，但我害怕它再一次断裂。弦音泄出，很缓，出乎意料地和谐，让我产生一种"此琴与此曲共属于我"的错觉。

我闭上眼，任由指尖在琴面肆意舞蹈——明明是第一次弹，却熟悉得像弹了十几年。

那曲子，真是好听。怪，没有章法，但绕指三柔，丝丝扣人。很淡的情感流露出来；但只要听进去，哪怕一点儿都是浓墨重彩。

浑身畅快，像经络被打通了，身体越来越轻，指尖没有停下来，听到的乐音却越来越远，直到声音完全消失。我愕然地睁开眼睛，却发现自己在家中。

那男人也在，坐在娘对面，捧着一碗热茶，热气氲氲。

"好茶，谢了。"

"吃的都是一家饭，何必因为一杯茶而道谢？倒是我这个当主人的招待不周了，没好好地教女儿怎么待客。"

我拿馒头走的事，娘都知道？

"不，是我让她给我拿馒头的。这几天，多谢款待了。"

"你为什么要来这里？"

"卖艺多年，四海为家，兜兜转转来到这儿，是缘分罢了。"

"刻意为之，也是缘？那这缘分来得也未免太廉价了。"

"瞒不过你，但我想你应该也猜到个七成了吧。"

母亲知道了什么？她与那个男人是什么关系？

"像你这样秘密众多的人，七成和十成的差别，与零同一并无两样。以前的事，就放在以前吧，现在的事，我不想了解；但，你若要动绛儿，我绝不会放过你。"

以前？现在？

"绛儿？你居然给她起了这个名字……"

"她是我的女儿，起什么字不需要外人过问。"

"师哥可知道？"

"你哪来的脸提'师哥'二字？我以为你早已被逐出师门。"

"当年被逐，是师哥救我于水深火热之中，此恩无以为报，我早已视师哥为亲兄长，视你为亲嫂嫂。"

"你师哥如果知道你今日所作所为，你叫他黄泉之下怎么安心？"

"我……你不懂。"

"你不要再拿'女子无大义'一类的话来糊弄我。当初我叔公收你二人为徒，早料到会有今天。一个天赋异禀，善弹琴却不善作曲，善理解却不善表达；一个手有六指，慧根灵异，曲风独特。叔公对琴爱到近乎偏执，又怎么会让生而残缺的人抚琴？你可知道你师哥日日夜夜盼着的，只是能亲自弹一次自己的曲子？"

"师哥早逝，不然必成大器。"

"成大器，成大器。"娘嘴角勾起一丝冷笑，"不要用你的'成大器'去评价别人，愚昧又无知。"

那个男人叹了口气，看着杯中的茶水，不知想着什么。

"放过你师哥，也放过我们一家人吧。你走你的阳关道，我们走我们的独木桥，从此互不相欠，井水不犯河水，不好吗？"

男人抬头，沉默，眼神却很坚定。

"你走吧，别再打乱这里的生活了。庆红的事，我就当睁一只眼闭一只眼，再有，哪怕只是一次，我都要你血债血偿。"

"你知道？你，怎么知道的？"

男人愕然站起，瞳孔里满是不可思议。

"我自己的男人怎么走的，我这个妻，不晓得，怎么说都有点失职吧。"

母亲虽然坐着，比男人矮了半截，抬头死死盯着男人的时候，目光如炬，像居高审视着他一般。

"我摊牌，还是你自己说出来？"母亲的声音沉稳，很轻，却很有力量。

男人明显心虚了。

"你不要以为，你和我女儿之间的事情，我是一点儿都不知道。"

"'好曲子里都是有灵魂的'，那可不是嘛。以魂换曲，以曲续魂。这些年来，你走遍各地，靠的就是这样子邪门歪道；只不过，逆转阴阳，是要付出代价的。一来你要折寿，一来，这罪还要别人背。久了，自然没人光顾你的生意了。"

"'双鹤朝阳'本是筝常用的装饰，你的，自然也是普通的琴，可为什么有灵气，你自己装着是'天命'，可背后的'人算'，你瞒不了——你妹妹，一辈子待在一块木头里，这'生'与'死'，哪样好，我是真的不晓得了。"

"你大可以杀我灭口，再让我女儿和她爹走一样的路，可你要知道，大逆不道，必有天罚。"

一字一句，掷地有声。

男人转身就走，走得仓促。

我忽然很疲惫，疲惫到只能强撑着睁开眼，听完他们的对话，疲惫到连说一句话的力气都没有。

我明明就站在娘身后，可她无动于衷，直到她转身，直直地从我的身体中穿过。

我眼前一黑，什么都不知道了。

不知过了多久，我隐隐约约觉得身体有了重量，但动不了，喊不出来。

但听得见，触摸得到，嗅得到。

琴音渐起，我的身体的那种存在感慢慢真实起来。

眼前是我娘，低眉抚琴，手指在琴面上灵活地跳转——这让我意识到，刚刚我所听到的，是真的。

"醒了？"娘停下，问我，"要不要喝碗粥？"

我一下就哭了出来。

"别哭，你爹他会护着你的。"娘轻轻地说。

这次，我没有反驳她。

"你也许要问，这琴是哪来的？我猜着你刚刚在这应该也知道了个大半了。这琴，是你爹自个儿造的，很小，没有琴头。木头是叫修棺材的木匠帮着裁的，弦是自个儿搓的。这琴破，但是你爹的一份心血，是你出生满百天送你的礼物。"

"你爹总说，这琴，会护你一次。"

我愣了。

"那琴师，我早猜到是他——这年头，游荡在外，持一把琴走天下的，除了他没几个人了。我叫你避着他，躲着他，可躲不过这样的命。"

"这是你和你爹，留在血里的命。"

藏着掖着这么多年，我终于听到了所谓的真相。

东城往东二百里路，住着一位修琴道的高人，门下收了两个徒弟——大徒弟通灵聪颖，二徒弟善弹寡言。按理说，这乐器都讲三分灵性，这二徒弟即便再好，也好不过大徒弟，无奈这大徒弟生有六指，是个怪胎，高人惜才，可更爱琴，绝对不会容忍世间一切不完美的事物"玷污"了琴。大徒弟兢兢业业学了五年，脏活苦活都干了个遍，可连这琴碰都碰不到。

二徒弟天资虽然比大徒弟弱，可也是个琴痴，深得师傅真传。出师后自成一派，誓要把琴之文化发扬光大，可不巧的是，遇错了时候。

二徒弟背着把琴，走投无路，最后还是大师兄收留了他。

二徒弟此生有两个心结，一是师兄生而六指，二是琴之遭人唾弃。他怎么想都想不明白，这琴，哪里不好。

"师兄如若是得到了我的双手，琴之今日，定是绚丽辉煌。"

可师兄不争，不抢，不怨，自顾自地写曲，平日里耕田种地，乐得清净。

他不解。

一日，他拿了师兄自创的琴谱，弹了起来，阵阵琴音如仙乐空灵，他震惊，夺门而出，找到了在田间劳作的师兄，夺过他手里的锄头，扔在地里。

"写出这样曲子的手，怎么能拿来种田！"

他愤怒，劝说着师兄拿出更多的曲子，他发誓自己会将这些曲子带着，带到世间每个角落，让他的名字，让这琴，名传千古。

他很激动，师兄却淡然。

"这些曲子，没有灵魂的，好听，只停在耳朵上。一个不会弹琴的人，又怎么会写得出好曲子呢？"

他哑口无言。

那日对峙后，师兄把自己锁在屋子里，三日没出门，等到师兄的家人等急了撬开那门时，只发现一具干瘪的尸体、一份血字谱、一把没有琴头的琴。

以血肉之躯祭曲，可通阴阳，逆黑白，现魂灵。

所有人都在恐慌，而他，拾起地上散落的谱子，悄悄地离开了。

靠着这鬼曲，他干了很多不正当的事，救了很多本该死的人。他拿钱干活，一开始是为了救济天下、弘扬琴之文化，后来连他自己都不知道救济的是什么，弘扬的是什么了。

他拿活人的躯体装载了很多冤魂，甚至把自己妹妹病死后破碎的魂封印在自己的琴里以与新生，可这不够，不够。

兜兜转转回到师兄家，他还是没有靠着这样一首奇曲名震天下。

也许他需要更多的曲子？

他想起了师兄刚离开的时候，他那刚满百天的女儿。

血液里的牵绊，是会流传下去的吧。

他骗了那个女孩的朋友，引诱她出现，顺带拿那个叫庆红的女孩的身体做完了最后一笔买卖。

一切都按计划进行。

直到今天。

"娘，我……"

"解铃还须系铃人，娘想明白了。你若要去找那琴师，就去吧；若不去，娘就带着你走，走到天涯海角，大不了与他同归于尽。"

于是，黄昏之时，我来到了乱葬岗。

那个怪人坐在小木屋中间，捧着几张带血的谱子——我想，那就是我爹留下的吧。

"我来了。"

"你怎么来了？"

他抬头，眼神空洞。

"我本来就该来，来解决一些事情。"

"你不懂。"

他挣扎着起身，身体好似失去了所有力气。

"你不懂，你曾经碰过的，是多么高雅的艺术；你不懂，我弹过的曲子里，是多么珍贵的、多么宝贵的东西。"

"这世间尽是些肮脏之物，又怎么配得上这琴！"

"你们这些人！不懂，也不配懂！更不配将那'古'字强加于它名前！"

他喘着粗气，用手扶墙支撑着身体。

"你说它高雅，说我们不配理解它，我要问你，你弹过的曲子里，有几首你真正懂得了？"

筝，乃战场之器，风萧萧，一首战曲凛冽似剑锋芒。

后来，战争少了，才生了些高山流水。

慢慢来，有了历史的风尘，也有了厚重感，有了味道。

指尖不经意划过琴面，我弹奏起了父亲留给我的曲子。

"你不是恶人，却也绝非善人。我相信，你一开始也不会想到这样的恶事。"

"世道轮回，阴阳转世，自有它的规矩。这筝好，自然走得下去，古与新，又有何两异？"

琴声阵阵，少了他的鬼气，多了一点点留恋。

我猜想，这是父亲留给我的最后一句话吧。

"父亲于我，是喜悦，这曲子，留在我们身边，再大，也大不过陪伴二字，除此之外，别无他意。"

"这么多年来，凭这鬼琴、鬼曲扬名天下的你，还记得你的师兄和你的妹妹，最初的愿望吗？"

还是大不过陪伴。

所以，一个情愿被误解，一个情愿被束缚。

但这样不对，也不好。

我决心改变什么。

他命数已尽，落入十八层地狱去还罪，我放了那琴里面的惨魂，烧了谱子，让他们落入轮回。

我抱起地上的琴，缠好布带，背起。

回身，母亲站在那，看着我。

"绛儿，你决定好了？"

"嗯。"

母亲笑了，摇了摇头。

"最后还是掉到这样的命里去了，我们这一家人。"

该来的，总会来。

该经历的，怎么也挣脱不掉。

临走时，母亲用她与父亲结婚时用过的朱砂在我眉心点了一颗红痣。

绛——多好的一个字，血红色，艳丽里涌动着生命力。

生命力。

老去的不一定会死！

same or not

何子灵

一

　　我记不清多少年没回 J 市了，大概有四年了吧。以前一直都保持着一年回一次的好习惯，偶然间有了什么事，回不去了，只一次，我就彻底把这个好习惯忘了。我越来越擅长找借口，J 市的亲人也越来越习惯把我划到"团圆"的范围之外了。

　　好像说学美术的人多多少少都会更亲近孤独，这点我是在上了大学以后才有更深刻的体会的——一个人其实很好，因为你会有更多的空间、更少的顾虑、更大的自由。说夸张一点，一个人的时候，连时间好像都走得更慢了，但慢得有节奏，慢得有美感，慢得充实。

　　所以说，如果不是小姑走了，我也不会想到回 J 市。

　　小姑是除了父母之外，唯一让我觉得 J 市可以称作"家"的存在。

　　肠胃癌晚期，小姑走得很突然。没有太多纠

纷，小姑甚至都没告诉在 J 市的四姨和三叔，安静地走了。

冥冥中，我觉得，也许，我真的应该回一趟 J 市了。

二

"啊……嗯……嗯，我到了。什么？出口是吗？"

凌晨两点，J 市火车站。

我看着她在熙攘的人群中，穿着棉衣、棉裤，捧着保温杯向我招手。

"怎么还来接我？"我笑了，"我不是说了不用了嘛。"

"太远，太晚，"她也笑了，"你一个人多不安全。"

看着她一个人操着一口乡音，熟练地购票，找大巴车，和车上的售票员阿婆唠着家长里短，我有一种很奇怪的陌生感。

她是小姑的女儿，只比我大两三岁，和我一样从小在 S 市长大，几年前才回的 J 市。

但是现在，她已经融入了这里，而我还是和原来一样，是个外乡人。

她和阿婆聊完天，坐到我身边。空气忽然安静下来，路灯微弱的光透过车窗落在她的脸上，是我熟悉却又几乎要辨认不出的轮廓。

"剪头发了？看起来和小姑真像，不愧是亲生女儿。"

她回过头来看我，没有接话，礼貌的笑容像是延迟了好几秒才加载出来的。

以前回 J 市，我还是个小孩子。所以，这是我第一次看 J 市的凌晨——一切的一切都是暗的、静的，仿佛所有 J 市人都安然入睡了。曾经在我眼里狭隘的公路一下子开阔起来，偶有几辆出租车驶过，除此之外，再没有其他声音了。

J市就像个身体不好的老头子，熬不起夜了。

"这么晚了，可能打不到车，我们走回去吧，也不远，你东西也不多。"她帮我把行李从大巴车下面的行李舱里取出来。

"好。"

我们沿着柏油路一直往前走，她在前，我在后。虽然我们两个人都不说话，我却有一种莫名的充实感。行李箱的轮子在J市坑洼不平的大路上磕磕碰碰，我跟着她，像不归的旅人，物质贫乏但精神富足。

"哎，"我喊她，"我好像有点儿喜欢这里了。"

"是吗？"她一个人拖着我的箱子健步如飞，"那正好，多在这待几天呗，最好别走了。"

我快步跟了上去。

"行啊，待着不走了我。"

三

晚上，我和她一起躺在茶店的床上。

茶店是小姑的。小姑被查出肠胃癌的时候，曾经想把茶店让出去，她知道以后，就辞掉了在S市的工作，回来接手了。

好多年没回来，出乎意料的是，茶店除了一些布置和以前不一样了，基本保持原样。茶店一楼卖茶，二楼是仓库和休息的地方。我以前回J市的时候就是和小姑一起住在茶店的，那时过夜时睡的床，给我俩温羊奶时特意在茶店备的小锅子和电磁炉，还有我的小板凳和故事书，统统都在。

看到就很有家的感觉。

刚到茶店门口的时候，她把行李放在门口，问我："订酒店了吗？"

"哦，我……"

"没有，就住店里吧。"

她拉开铁栅栏，推开门，走进去开灯："和以前一样。"

真的和以前一样。

小时候，为了方便照顾我们，也为了每天早上开店不用家里店里两头跑，小姑总是带着我和她三个人住在茶店楼上。早上，我们六点就起，天蒙蒙亮的时候走路到最近的菜市场去，买好菜，小姑总是拐进菜市场的一个小巷子里，给我和她一人买一块热豆腐当早餐。嫩豆腐滑滑的，含在嘴里一抿就碎了，豆香混着热气，让人整个身体从胃开始苏醒。小姑有时候还会给我们"加餐"——看到菜市场门口卖猪肉的案板上有新鲜的猪肝，小姑会买半个手掌大的一小块回来，带着某个摊子的好心阿姨送的两三根青菜，用小锅、电磁炉煮一锅汤给我俩。我们俩一人一个小板凳、一块热豆腐、一碗热汤，坐在旁边，看着小姑拉开铁栅栏——一天，就这么开始了。

记忆在这里慢慢苏醒，一切的一切都无比熟悉。

"你还记得你以前总是和我抢猪肝吃吗？妈老说我们两个筷子飞来飞去的像打仗，像流氓耍枪。"

"记得，那个时候你老抢不过我，总是我吃的猪肝多，你喝的水多，但我每次都喊饿。"

"所以，我妈后来每次都多下一把面啊，菠菜面、胡萝卜面，五颜六色的变着花样来。"

"是啊……"我笑了，"小时候不知道为什么，吃小姑做的饭吃得格外香，每次回来都能胖个四五斤。回 S 市以后，就再没有吃过这么好吃的饭的感觉。"

她没有说话了。

我猜，她应该和我一样，想起了太多——想得太多的时候，就更容易难过。

"哎，"她踢踢我，"明早想不想吃豆腐？"

我笑了："想，想得不得了。"

"那就赶紧睡，明早别赖床。"

熟悉的语气，就和曾经一样。

第二天早上，我们按时起床。

菜市场不远，小路还是和记忆中的一样。沿路都是挑着担子来卖菜的阿婆阿公，早早地把摊位摆好，操着一口乡音叫卖着。她熟练地找路，领我去各种摊子——先是买了袋手打牛肉丸，又挑了一把番薯叶，再选了一块新鲜的猪梅肉，一条前排，最后不忘捎上两块热豆腐回家。

她真的变了很多，盘着简单的发，穿着白衬衣、帆布鞋，骑一辆有点年纪的凤凰牌自行车载着我在小巷子里面穿行。她好像人缘很好，很多阿公阿婆见到她都和她打招呼，有的还让她拿把菜再走，她也大大方方地接下来，笑着请阿公阿婆日后到店里来喝茶。

离市场越来越远，叫卖声也越来越远，直到安静下来。

"哎，"我拉拉她的衣服，"中午，你下厨吗？"

"是啊。"

"哇，那我可要好好期待一下了。"

"劝你别抱太大希望。"她也笑了，"别到时候在饭桌上故意恭维我做得好，完了中午还背着我偷偷出去吃路边摊'加餐'。"

起风了，她骑得有点吃力，遇到上坡的时候还要站起来加力。我看着她的背影，已经有了大人的轮廓，反倒是我，好像活得越来越像小孩子了。

我不知道，不知道为什么每次回 J 市，我都像个不懂事的孩子一样——四年前是，四年后还是，跟长不大似的。

回到茶店，她打开店里的灯光，提一桶水出来把地拖了，又烧了壶开水，拿出紫砂壶，坐下来，拿几个精致的瓷杯，烫一烫，洗一下茶——淡淡的、若有若无的香气扩散开。茶店的一天——我还小的时候——是这么开始的，现在也是。

四

茶店不单单卖茶叶、卖茶具，也卖一些灵芝、木耳之类的药材，还有蜂王浆。这些年来，小姑也没有拓展业务，也不碰网络什么的，所以，整个茶店的经营还是靠着老客户，靠着好口碑一点点走下去的。来的都是客——小姑健谈，脾气也好，所以，来过店里喝茶的最后都和小姑成了朋友，有的时候，朋友带朋友的，店里好不热闹。

"哎，小李，你这边还有灵芝吗？"七点整，店里来客人了。

"还没，新的货还没到。赵姨，你要不坐一下喝杯茶？我给你拿个杯子去。"她很熟练地招呼客人，拿杯子，续茶。我坐在原位上，尴尬得不知道做什么好。

"哟，这小姑娘谁啊？"阿姨坐下，抿一口茶，"怎么这么眼熟？"

"赵姨，这小莹啊，阿新他女儿，好久没回来了。"

"哦……对了，我说这么眼熟。小时候你俩还经常一起到我家去看书呢。"

赵姨的女儿大我们六岁，现在已经嫁人了，孩子都有了。小的时候，小姑忙不过来的时候，我和她就经常到赵姨家玩，借姐姐的书来看。

我朝赵姨笑笑，没有说话。

赵姨坐了会就走了，今天她女儿、女婿要带孙子回来看她，她得赶紧回家准备饭菜。

我和她站在门口目送着赵姨离开。

"唉，"我叹了口气，"时间过得好快啊。"

"是啊。"她回过头，把赵姨刚刚喝茶用的杯子洗了，放在架子上晾干，"是好快，一下子就是一年过去了，你说一年能发生多少事啊。"

"是啊……"

"下午，要不要去江边看看？或者去超市买点吃的，明天回乡下的时候在路上吃？"

"那店里怎么办？"

"大哥回来了，有他在呢。"她朝我调皮地眨眨眼睛，"我们俩只管玩就好了。"

"不太好吧……我回来没帮上什么忙，倒净给你们添麻烦了……"

"没事啊。"她摸摸我的头，"和以前一样就好了。"

和以前一样。

以前……

好像很有道理，我无言以对。

五

从市里到乡下只有 45 分钟路程，我们搭大哥的车走。一路上，彼此之间都没有说什么话，车里的气氛近乎零点。大哥要看路，她晕车小憩，我没事好做，只能望着窗外发呆。

出了市区，街边的景色就慢慢单一起来。建筑物慢慢矮下去，街景渐渐荒凉，车辆少了，摩托车呼啸而过，扬起的尘沙模糊了我视野里的所有所有，只剩下单调的灰和黄。再往前开，路过拆迁区的时候，我看到一个少年，光着膀子，穿着洗得发白的劣质牛仔裤，出现在已经被拆的只剩下骨架的大楼的二楼，坐在边边，晃荡着双腿。

我在那一瞬间忽然不忍心看下去了——我扭过头，生怕下一秒会看到那个少年从二楼腾空跃下。

我害怕面对这些东西——它们时时刻刻都在提醒着我，这个世界和我想象的不一样，和我经历的更是大相径庭。

"别看了，每个地方都是不一样的。睡一会儿吧，一会儿就到了。"

她把头靠在我的肩膀上，闭着眼低声说。

45 分钟，打个盹就过去了。再睁开眼的时候，车子已经悠悠转转地兜到一座破旧的小房子前了。

"下车吧，到了。"大哥把车子熄火，拉上手刹，回过头对我们两个说道。

屋子里的两位老人家应声出来迎接我们。

"这两位是……"

"叔婆、叔公，这阿新的妹（女儿）。"我扶着叔公坐下，她去扶叔婆，笑着介绍道，"这是叔公、叔婆。"

"叔公、叔婆好！"

"哎，好……"后面叔公、叔婆和大哥还有她开始用家乡话聊了起来，我什么都听不懂，无奈之下只能悄悄退出了他们的谈话。无事可干的我绕到了小屋的后院，发现院中居然长着一棵很高的树。我走上前去伸手抚摸它粗糙的树干。此时，她从里屋走了出来。

"这就是我妈，还有伯伯他们从小长大的地方。"她也摸了摸树干，"这棵龙眼树，就是伯伯小时候爬过的。"

"那这棵树可有些年头了——它现在还结果吗？"

"结，不过现在不是时候。"

大哥在里屋忙着，我见状也上去帮忙，和她两个人一人提着一个小木凳坐在门前择菜。炊烟升起，不一会饭香便传出来了。乡下的菜都比较家常，没有什么大鱼大肉的，清汤小菜倒也喜人。

饭桌上，大家聊了很多家事。我这才知道，叔婆是爷爷在这世上最后的姐妹了，这些年来，和叔公两个人守着老家这套小房子，有家里人按时寄钱过来，生活说不上艰难，但也不宽裕。两位老人家虽说身子骨还硬朗，但毕竟也上了年纪了，家里提了很多次说要把两位老人接到市里面照顾，可他们还是放不下老屋。

"房子这种东西，毕竟还是要有人住着才好。不然人走了，屋子空了，就没了活气，久了久了，要人再回去也不情愿了。"她说道。

六

饭后，天下起了蒙蒙的小雨。雨一停，我和她就带着花束和纸钱，背着包上山了。

其实按习俗，小姑是不能和先辈们同葬一座山的，但是最后吵来吵去，还是给小姑在山上立了一个小碑。

"反正最后也不会有人来看。"她在前面带着路，"你说，活人管那么多死人的事干什么？"

"所以最后是怎么解决的？我看大伯他们不像是那么开明好讲话的人……"

"还能怎么样，给钱就好了咯。"她拨开树枝，"钱，我自己出，碑，我自己立，和他们有什么干系。"

"这……"

"你小心点，刚下了点小雨，路滑。"

尽管如此，她还是循了长辈们的意。小姑的碑离祖辈们的很远，在另外一个很偏僻的山头上，放眼望去尽是杂草，硬生生给清理出一块地来，立了一个小小的石碑，碑上，小姑笑得腼腆。

"这照片……不像特意照的遗照。"我把花放在小姑的碑旁边，"谁的意思，你的吗？"

"没。"她拿一把小的砍刀把附近乱生的杂草砍断，"我妈说，碑上的照片如果可以的话，挑张好看点的，别太严肃，别把来看她的人弄得那么难过，本来就没几个了。"

这话是真，就连下葬那天，除了小姑的几个朋友和那十几个比较亲的亲戚之外，没几个人来了。偌大的礼堂里，人还没有花圈多——礼到人不到，很多人都是这样的。

"怎么样？选得好吧。"她回过头，在笑，眼睛里却情绪翻涌。

"当然好，怎么能不好……"

她别过头去，没有再搭理我。

当然好——这是我和她双双被理想的大学录取的时候，在 S 市，小姑给我们俩摆了一桌庆功宴的时候留的合照。那时候，小姑多高兴，平时滴酒不沾的她甚至喝了好几杯酒，脸颊两旁的红晕是怎么都散不去的欣喜。

空气忽然安静了。

她清理完杂草，在碑前铺了一张报纸，坐下，从包里拿出三个小瓷杯还有一个大的保温杯。

"不喝酒，喝点茶吧……"她疲惫地笑了笑。

"好。"我在她身旁坐下。

"这茶，是妈珍藏的普洱。她老说，等我们俩考上了大学，就一人一坨，多了都没有了。"热气氤氲，模糊了她的脸庞，"这么好的茶，她自己都不舍得喝。"

我低头抿了一口——生普，微涩，入喉却很舒服，满口清甘，整个人温温的，很是舒服。

"说真的，葬礼那天，你没回来，我其实心里很不好受。"她的声音轻飘飘的，听不出情感，"我想着，其他人不来可以，你怎么能不回来。"

"妈出了事以后，一直瞒着大家，什么苦都往自己肚里咽，对所有人是，给你打电话的时候也是。她不让我说，我就听她的，不说，可我现在后悔了。

"因为……因为哪怕她走那天，你打个电话过来都好，她也不会孤零零的，床头只有我一个人。

"但这样说来，还是我不好。太小了，不懂事，当时很慌，什么都不知道，不知道怎么做好，就还是个听妈妈话的小孩子。

"你说我要是提前打个电话给你，多好，对吧？"

她扭过头看着我，眼眶红红的。

我不知道说什么安慰她。

"其实，一直以来都是我太迟钝了啊，不怪你，是我不好。"

我想，这是我第一次这么评价自己。

"你说真的，要不是你和小姑，我会来 J 市？骗鬼呢。"

"又没有人在意我，没有人对我好，没有人照顾我。你还记得我第一次来 J 市吗？我才六岁。六岁的孩子能知道什么？那才真的叫'有奶便是娘'。我就记得那天晚上，我爸醉在酒店，我妈忙着照顾他，就把我放在你们家。我在你们家哭着要爸爸妈妈，是小姑把我哄睡了的，第二天领着我们两个找过去……"

"就那么点小事，你还记得啊？"她笑了，我也笑了。

"你也不想想，小孩子的世界小啊，所以一点小事当时在他们眼里都很大啊。"

"这话真得让我妈听听，你想她得多高兴。"

我看着她，忽然眼眶也有点涩涩的。

一个六岁大的孩子，能真正喜欢上一个除家之外的地方，是很不容易的。出生在 S 市、土生土长的我，那时候那么小，哪里懂得什么叫"故乡"，哪里有那种情怀。

是小姑，在"故乡"和"家"之间，打上了等号。

"嗯……"我看向碑上的照片，"说得，的确太迟了……太迟，太迟了……"

"你知道吗？我妈那个时候知道你考上了美院、我上了本科，高兴疯了。她打电话给我说她要赶到 S 市来，给我们两个庆功。结果居然买了当晚的机票，也不看看时间，也没订酒店，凌晨自己一个人在大街上打电话给我——就'没心没肺'这点，说真的，我这个亲生的都没你和我妈像。"

我扑哧一声笑了出来。

"也四年过去了，就差不多该出社会了。"她给我续一杯茶，"怎么样，读研，还是……？"

"我的话，读研就算了吧。"我摇摇头，"早出来好，不过我现在除了不读研，其他都没想好。"

"怎么，找不到工作？"

"不是，我有一些想法，但是都还没实施。"

"什么想法？说来听听。"她饶有兴趣地看着我。

"我想和别人一起合作，搞个画室，收学生也行，自己搞创作也行，网上接单也行，随他，有得赚就好。"

"那挺好的啊。"她拍了拍我的肩膀。

"好什么！"我扭身躲开，"第一步都走不出去——我找不到地方去啊。"

她忽然愣住了。

"找……找不到地方？""嗯，对啊。就是没房子住呗。"

"那你现在……"

"找地方去啊……"

"怎么找？"

"得够大，够安静，就是得适合创作找灵感什么的，别的也没啥了……"

她盯着我，很久不说话。

"怎么啦？"我笑了，"忽然这么看着我，是有什么好的推荐吗？"

她清了清嗓子："哎，你……你觉得这里怎么样？"

"嗯？"

"家里那边想把老屋翻新，改成农民房；但是如果这样，叔公、叔婆走了以后，这边就没人住了。你……

"这边可能有点不方便，但日常生活还是没问题的。村子出去就是个镇，买点小东西买点菜啊什么的还是可以的，骑个车最多二十分钟。

"这边很安静的，留下来的基本都是阿公、阿婆，怕生，又不爱讲话。

"每天，我都会过来的。晚上，我会来这边的。你不用怕。

"这里……你真的不考虑一下吗？"

她说完，很紧张地看着我。

"瞧你说的。"我被她逗乐了，"你怎么这么像推销房地产的啊。"

"没……我，我只是提个建议罢了，你不想来可以不来。"她别过头去，低头喝了口茶。

"不是。你这那么突然，我得考虑一下啊……"

她看向小姑的照片，没有理会我。

"我要是早点儿长大就好了……我，我和你，我们。"

"嗯？"

我还没来得及听懂她的话，她已经站起身，收拾好东西准备下山了。

"等等，你刚刚说的，是什么意思？"

"算了。"她回过头来，笑着说，"你饿了吗？我有点想吃老家的薯粉豆干了。"

七

回到 J 市了却还早，不过七八点。回到茶店，莫名其妙地累。她也不想做菜了，干脆，我就请她在茶店附近的面馆吃了。

她坐在靠门的位置，看着门口车来车往发呆。

"怎么了，今天？"我结完账回到位置上，"很累吗？"

"没。"

"不知道你爱吃什么，我就瞎点了。"

"好。"

"发生什么，这是？你……"

"没。"

她甚至都没有看我一眼。

"喂，你还当我是你的朋友吗？"我的语气里带了一点急躁。

她缓缓地把头转向我，定定地望着我。

"你刚刚说，朋友，对吗？"一字一句，她都咬得用力，"可是，我们，不是亲人吗？"

"嗯……哦，有的时候，至少对于我来说，朋友可能比亲人的意义更重要。"

"当你的亲人，那真是好惨啊。"

"也不是说不看重亲情，怎么说呢……亲疏远近这个，看人，不看关系……"

她以肘为枕，侧卧在桌上，意味深长地看着我。

"那你说，我是当你的亲人好，还是朋友好？"

"做你自己最好，你和小姑，还有我的爸妈都是我最重要的存在。我会竭尽我所能为你们做一切我能做的。"

她笑了，笑到喘气，趴在桌上笑到失声。

"那么好笑吗？"

笑着笑着，我却听到了隐隐约约的啜泣声。

"怎……怎么了？"

"饿了，"她抬起头，"我饿了。"

面刚好来了，她接过来，狼吞虎咽。

她有事从来不会说出来，只会自己一个人往心里咽。

"发生了什么吗？"

我试探性地问道。

"应该吧，有点奇怪的感觉。"

"怎么了？"

我猜对了——一向性格活泼、乐观向上、侃侃而谈的她，怎么会忽然变成了一个静默寡言的妇人？那种青春的气息消失得突然，连带着从前的她也消散而去。

"是和小姑有关吗？还是什么？茶店、亲戚，亦或是，爱人？"

她笑着看着我，眼睛里却没有笑意。

"发生了什么我不知道的吗？"

"你都猜得那么多，难道还会有你不知道的吗？"

"你不想说，也没关系，我不问。"

"呵，"她冷笑，"我最讨厌你还有那些伯伯、姑姑们假装关心我的样子。"

"因为，因为你们根本不知道我想要什么，也不知道我妈要什么。"

话在我嘴边，生生地被堵回去了。

"怀念某个人都是做给别人看的，为的还不是那些风言风语离自己远一点？"

她喃喃道。

八

她晚上干脆把大哥一个电话叫回家去，直接关满了一整天的店。

"其实，我可以留下来帮忙的。"我帮着她拉上铁栅栏，"而且，如果待在店里对店里的生意造成了影响，我可以找个酒店的，没关系。"

我无比真挚。

"你哪里有需要就说出来，哪里不满意就告诉我，我都可以的。"

"我的需要吗……"她念着，却没有理会我。

她真的很会做人——晚上点一只香薰，泡一壶红茶，DVD 机里转着钢琴曲的碟，气氛温馨得恰到好处。

我甚至觉得，这种时候，就算她要和我借一百万都好商量。

想到这儿，我就笑了。

"笑什么呢？""没什么，只是觉得现在这样比以前更好了。"

"好？你觉得，"她环顾四周，"哪里好？明明就和以前一样，哪里更好了？"

"不，"我摇头，"和以前不一样的很多。"

"比如，小房间用来放废报纸和旧杂志的架子被搬走了，楼梯扶手上原来用来挂塑料袋的钩子也不见了。"

她扭头回去看，笑了。

"观察得那么细致的吗？还记得那么清楚。"

"没，就是不知道为什么记得那么清楚罢了，没什么大不了的。而且那种感觉很明显的，不一样的感觉。"

"所有人都说，还是和以前一模一样，就你一个人看出来了。其实，哪里都不一样。”

“也没有哪里都不一样吧……”

“我只能一点一点改变，慢慢把这里换一个模样。你都不知道，那种‘一样却又哪里变了’的感觉要把握好，真的太难了。”

“为什么要变呢？有不一样的，也有一样的，很重要吗？”

“很重要。”

我诧异。

“我说，很重要。”

她盯着我的眼睛，一字一句地重复：

“因为现在是现在，过去是过去，我是我。”

忽然很陌生，忽然很想离开这里，忽然很想离开这个模板一样虚假的地方。

我太贪心了。

我还在期望着童年那种任性，那种可以肆意妄为的自由，那种无所谓的时光。

还把自己当小孩子——明明那个曾经无条件疼爱自己的小姑已经不在了，却还是这样。

这样的想法让我无地自容，让我想逃脱。

“对不起，最近给你带来太多麻烦了……”

我的声音越来越轻，越来越轻，越来越轻……

“嗯。”

她没有礼貌性地反驳了。

“我差不多该走了，这几天谢谢款待了。”

“好。”

是的，在 J 市待了不到三天，我就走了。

准确来说，是逃离。

她陪我来到高铁站，给我送行，远远地站在站口，迟迟没有走。

"怎么还不回去？"

"没，"她好像开玩笑地说道，"我怕我妈会怪我赶你走，我再多陪陪你。"

"到了记得给我打个电话。"

昨晚的生疏感仿佛在做梦，可是眼前的她，亲近得一如从前。

"好。"

"乡下的事，你真的不考虑一下吗？"

我不知道怎么回答她，可她看着我，眼睛里分明有期待。

我考虑过很多地方，也想过和别人合作，可是没想过J市，很大一个原因就是，我真的不喜欢这里。

再好的条件，再得天独厚，我都不喜欢——这点没法儿改变。

"其实，如果你到乡下住，平时还可以上山陪妈妈说说话，还可以经常去看看她。她最喜欢的孩子就是你了。"

"我……"

"好了，快去检票吧，我走了。"

她转身离开。

"你说得对，不一样了。"

她听到了，顿了顿，但没有停留，头也不回地走了。

在J市这个地方，小姑是我心里最柔软的一块地方，一触碰，情感就无法收拾。

我忽然不知道怎么选择了。

"×××检票口开始检票……"

我连我最后离开J市的心情是怎么样的都不记得了——扭成麻花的别扭感让我整个人从头到脚难受。

再见了，J市。

再见。

九

说到最后，我还是答应了。

她说的也没有错，那里的确很适合我——又过了两年，叔公、叔婆无疾而终，两层楼的房子，就只剩下我一个人了。

她每天晚上九点以后会来这边陪我，和我一起做事，然后在这边休息，第二天早上再赶过去，平时偶尔也会放个假和我一起上山去看看小姑——顺带一提，我们在碑前栽了很多好养活的小花，天气暖和的时候，看着都让人高兴。我想，如果小姑真的在天有灵，看到了也不会那么寂寞吧。

她把茶店的生意安排得井井有条，甚至开了网店。乡下这里和我商量了以后就成了仓库，偶尔她也会托我帮店里做一下宣传的设计。我自己一个人在网上接私活，平时搞搞创作，倒也自在逍遥。

这是笔很划算的交易。

忽然有一天，她带回来了一个男人，告诉我，她要结婚了，想在乡下摆酒席。

婚礼那天，在屋子里，我替她整理妆容。她看着镜子里的我和她，说道："对不起。"

"嗯？怎么了？"

"总感觉我利用了你的梦想，对不起。"

"为什么要这样说……什么利用不利用的，发生了什么吗？"

"没什么。"她笑了，"今天我会把捧花扔给你的，赶紧找个人陪着你吧。"

后来，这个对话就没有下文了。

她过得很好，我一个人，也不错。

我觉得这样就够了。

十

后来，家里有人说，说一开始其实是不打算把老家的屋子翻新的，可她说来说去，说情怀说情感的，把大家都说服了，唯有一点迟迟解决不了，那就是屋子修好了给谁住的问题。

大伯和小姨说老了可能会想回乡下住，可她偏偏性急，说是没人住，她来住，无所谓。

大家都知道她一个人不容易，放弃在 S 市打拼的事业回到 J 市来继承小姑的茶店，翻新老家的屋子，为的还不是一点点情怀。

说到底，她也会有不服气和委屈的时候吧。

记得一年清明，她和我一起上山扫墓，她把一杯酒洒在小姑碑前，另外一杯一饮而尽。

"你说，这世上有些东西，还是不谈价值的，对吧？"

她看向我，语气却像是乞求我给予某种肯定。

"不能这么说。'意义'也是价值的一种。"

她笑了，没有顾虑地笑了，高兴得像个孩子。

我也笑了——毕竟，她已经很久没有这么笑过了。

我低头喝了口茶。

"哎，对了，"我看向远处，"以后不要不怀好意地去做一些好事了，这种时候，就不要将心比心了。"

她举起茶杯的手一顿。

"就算回来得再频繁，每一次来看小姑都是有意义的，不要怀着什么赎罪的心情来吧。这样的话，小姑就算笑着，也不会开心吧。"

我抚摸着小姑墓碑上的相片：

"对吧？"

是这样的。

昔人已去。

我们怀念，却没有义务再现。

"你的茶店做得那么好，小姑看到了，该多开心。"

她笑着笑着，就哭了。

释然吧，都过去了。

善良的人啊，不要背负着别人的责任，在这世上苟且了。

亚热带极光

何欣东

海边好久没有这么清净过。

海边是不会清静的，轻柔的碧浪永远在拍打白沙岸，咸湿的海风永远在吹袭红树林。

但今天是清净，清新又干净。持续了整整三个月的炮火轰鸣声已经消失半个月了，总是漂浮在海面上的钢铁残片也随着海流漂走了。海鸥、海鹭重新现身，它们拍打翅膀，叫两声，飞进另一边的榕树林里。

张老太在这栋海边小楼里住了三十年了，真的，从没这么清净。

张老太平日最喜欢的就是在阳台摄影，现在绝对是最佳的摄影时间。

自从抗议"知了计划"和"蚊子计划"的人们毁坏了道路之后，全市已经瘫痪。这里已经整整一周没有和外界联系了。张老太一周没有说话，每天就是坐在阳台上，看着这海，还有红树林。

张老太抚摸着一只摆在高脚凳上的盒子，看着外边的海。

这挺好。

直到那架直升机的轰鸣声侵入。

直升机卷起的风很大，满地的石子乱飞，树木恐惧地避让着。风刮得张老太睁不开眼，甚至都有些站不稳了，她连忙把相机放在身前的红木茶几上，坐上椅子轻轻扶住茶几上的两个淡蓝色花瓶——一个是空的，一个插满了蓝色玫瑰，随风飘摇。

直升机还没停稳，有两人已经着急地跳了下来。张老太努力睁大双眼，定了定神，眼睛里放出了这一周来最为激动的光——倒不是因为看见了儿子，而是因为见了扎着丸子头、一身戎装的女儿。

两人身着海蓝迷彩服，跑向张老太的两层小屋。当直升机螺旋桨停下来的时候，张老太终于听见了脚步声。

"妈！"李海鸥撒娇般的声音，让张老太终于露出了微笑。

"唉！"

母女二人在客厅里紧紧地拥抱。

王海风站在二楼楼梯口，带着一种严肃的表情，摆出一副僵硬的跨立姿势，看着眼前这对母女——仿佛他并不认识她们一样。王海风的右胸，有一个画着一只蚊子的徽章。

"妈，你还好吧？"李海鸥在长达两分钟的拥抱后，全身上下打量这位与世隔绝一周的母亲。

"我没事，东西够吃。"张老太仍是笑着，她现在根本没空合拢嘴。

"我女儿果然天生丽质，穿军装也这么美！"张老太也打量了一遍女儿。李海鸥笑着转了个圈。

"女儿，你想不想看看妈拍到的极光的照片。"张老太拿起相机。

"走吧，来不及了。"王海风大海一样浑厚的声音打断了这欢快的重逢。

"哦，对了，妈，我和哥要接你走。走吧，带上相机。"李海鸥走到楼梯口，从王海风手里接过一顶军帽，别扭地扣在头上。

王海风侧身，露出楼梯口来，示意下楼。

看着比自己高半个身子的儿子，张老太糊涂了。

"走？去哪里？"张老太紧张地抓住身边一把红木椅子的把手，把相机放回茶几上。

"深圳的鲲鹏海城啊，地球表面现在不安全。"李海鸥抓着母亲的手就要走。

"我不去。"张老太脸上挂着道歉式的微笑，笑了两声。

"你不去？那你去哪儿？"李海鸥也糊涂了。

"去广州的五羊地下城也行。"王海风还是严肃的表情。

"不，不是，就在这，哪儿也不去。"张老太躲开海鸥的手，紧紧抓住红木椅子的把手。

"您就别开玩笑了，八个小时后，地表上就不能住人了，走吧！"海鸥又来抓母亲的手。

张老太泥鳅一般地从海鸥手里又滑走了，抱起桌上的照相机，退到红木茶几后，护住两个花瓶。

"您这是干什么呀？"海鸥更糊涂了，看向她哥。

王海风看了半天戏，终于说了一句匪夷所思的话："留妈在这吧，我们走。"然后转过身下了楼梯。

海鸥彻底糊涂了。

海鸥两步蹿到母亲跟前，又去抓母亲的手："妈，别玩了，走啦！"

张老太再一次躲开了海鸥的手，海鸥差点摔在红木茶几跟前，手肘还磕在了椅子上。钻心的疼让她明白了——这真的不是个梦。

海鸥赶忙又扭头冲向正在下楼的海风，在楼梯上伸出手挡住他，颇有螳臂当车的气势。

"你就这么走啦！"海鸥一脸诧异地望着她哥。

海风盯着妹妹，汗水已经落在了她领子上，军帽斜戴着，丸子头也开始散了，一副慌乱的样子。

"师长，走不走？"屋外传来一个年轻人的声音，军靴踏在瓷砖上的声音有节奏地传来。一个小战士跑了进来，他的右胸也有一个画着蚊子的徽章。

"五分钟了，师长。"小战士敬了个礼。

"钱劲，背一下联合宣言。"海风指了指小战士。

"根据联合国安理会第8888号决议，在王洋流教授的建议下，处于地球磁场不断减弱、宇宙辐射不断增强、地表环境恶化、人类命运岌岌可危的背景中，全世界将执行'蚊子'与'知了'联合计划。即全世界所有国家停止所有正在进行的战争行为，联合一心，众志成城，动用一切力量与资源，建造可供人类躲避宇宙辐射的避难所。'蚊子'为沿海居民海下避难计划代号，'知了'为内陆居民地下避难计划代号。全人类将不遗余力、倾尽一切躲避灾难，争取不让任何一个人掉队。报告完毕。"小战士敬了一个礼。

"最后一句话是什么？"王海风问道。

"全人类将不遗余力、倾尽一切躲避灾难，争取不让任何一个人掉队！报告完毕！"

王海风听完，叹了口气。

"把你妈赶紧拉过来！"王海风不耐烦了。

海鸥一个箭步飞上楼，终于抓住了张老太的胳膊。"走吧！妈！"

"你们走吧，妈不走。"张老太不知道哪来的劲，挣脱了海鸥，死死抱住照相机和两个花瓶。

"到底走不走？"海风迈着怨气的步伐又上了二楼，站在门口，拳头紧紧攥着。

"妈，八个小时后地球的磁场就几乎消失了，宇宙射线什么的就会直接到达地面，到时候连蟑螂都活不了的！"海鸥着急死了。

"我知道，你们赶快走吧！"张老太推了一把海鸥。

"你要和我们一起走啊！"海鸥指指楼梯口。

"我要陪你们爸和小浪……"张老太指指墙角的一只盒子。

"别和我提他们！"海风突然大吼一声，一股惊涛骇浪之势袭来。海鸥和楼下的小战士都吓得不轻，张老太却泰然自若。

"我知道，都是我的错，是我鼓励他去的……"张老太看了一眼那只盒子。

"走！"海风一把抓起海鸥，朝楼梯口走去。

"放开我！"李海鸥尝试挣脱王海风，却还是被抓下了楼。

"可是那次联合国演讲对全世界很重要，没有他的研究与演讲和对联合国的建议，没有人会意识到这场世界灾难，世界战争又怎么可能提前停止？大家不可能像这样联合起来！"张老太对着没了人影的楼梯口大喊着，"他是为人民而牺牲的！"

"那小浪呢？"海风旋风般地回来了，站在楼梯口，咬牙切齿地说。

"他不管死活地带着小浪去交战国发表演讲，害他们两个都被极端分子杀害，已经消失在这个世上，无影无踪。"海风手里的拳头攥得更紧了，手背青筋暴突着。

"不，他们一定还活着，他们一定会回来的……"张老太咬着嘴唇，眼中闪着光。

"你已经疯了！"海风突然又大喊道。

"你怎么能对妈大呼小叫的！"海鸥又从海风身后钻出。

"那是你妈，我不会认一个疯子当妈！"海风一只手指着张老太。

"哥，你什么意思！"海鸥正要说话，张老太走过来拉住海鸥。

"妈，你看哥现在都什么样了？"海鸥看着张老太。

"不怪他……"张老太摇着头。

"我怎么样？你倒是当上了大孝女了呀！也是，要是当年没有捡你来养着，你还能活到现在？"

"海风！"张老太瞪了海风一眼。

"你……"海鸥噎住了似的，一时说不出话。"那他们两位也和我亲生父母一样，不像你，不——孝——子！"

"妈，我们俩快走吧，我们一块去五羊地下城，湛江的扇贝海城也行，不去鲲鹏了！"海鸥又拉住张老太。

张老太挣脱了海鸥。

"妈！"海鸥的头发终于散了。

"他们一定会回来的。我不走。我要是走了，他们找不到回家的路。"张老太坐在了阳台上，摆好两个花瓶，"小浪知道我最喜欢蓝色玫瑰。你们知道吗？"

海风和海鸥沉默了。

"你们爸很喜欢摄影的，年轻时就是因为摄影才认识的他。他总是嫌我拍照技术差，就连最普通的照片都拍不好。"张老太看着手里的照相机，"是呀，为什么你就能把我拍得这么好看？"

"你们爸这辈子的愿望就一个，想去南极拍极光。"张老太望向外面的大海，"你们明白为什么我知道有灾难要来了吗？因为晚上，这里会有极光，很美的极光，南极的极光。你们知道吗？"

"没错，地球磁场减弱，宇宙带电粒子更容易进入大气层，激发大气分子产生极光。对吧？"张老太问道。

海风、海鸥面面相觑。没上过几年学的母亲竟然知道极光的原理。

"但我更觉得，是你们爸和小浪要我过去见他们了。你们爸说了，我们一定会见面的。"

外面的大海还是那么平静。

"不论是我去找他，还是他来找我。"

"妈，别这样说。"海鸥劝着。

张老太面对海风、海鸥说道："没事，我已经活得够久了。我没有疯，我很清楚我在做什么。你们走吧。"

海风、海鸥再次面面相觑。

海风下了楼。

海鸥下了楼。

张老太趴在茶几上，抱住相机，闭上眼睛。

紧接着，直升机的轰鸣声盖过了一切。

傍晚，海边，"搬家"行动开始了，洪水般的人流挤上那窄得可怜的入城桥。

"鲲鹏海城"四个大字亮在入口处，巨大的探照灯警戒地扫视着。王海风守在一边维持纪律，还是一脸的严肃。海鸥站在旁边。

好安静，好安静，没有人说话。

除了海浪和海风声。

除了远处抗议人群的呐喊声。

就像是一大群蚂蚁搬家。

人们进入的，是一艘巨大的钢铁潜艇。

但其实不是谁都可以进去的——有些还是被迫掉队了，他们正在抗议。

忽然，人群出现一阵骚动，大家都抬起了头看向天空。

王海风也抬起头。

已入夜了，天空黑得像幕布，只有月亮明晃晃地挂在这黑色的大幕布上，没有星星。不过，一条彩色的丝带从远处飘出，轻柔地铺在幕布上。那是极光，很美的绿色极光，南极的极光。

远处的抗议声似乎减弱了。

"真美啊！"人群中有人感叹着。

海风看向海鸥，海鸥也看向海风。

海风突然一把抓住了海鸥的手，紧紧握住。

"我们一定可以见到爸爸和小浪。"海鸥看着极光说道。

"一定会的，一定会的。"海风看着无际的远方，希望看到一座两层小屋。

相　遇

宋昱扬

　　2030 年，基因技术的发展进入了最快速的时代，几乎所有的基因密码都成为随手可得的资料，人们在这一技术上的利用，也已逐步成熟，各种各样的动植物都能按人的意愿来定制。不过，在人体上的应用，倒是因为法律和伦理上的限制，始终没人进行尝试。

　　……

　　一座私密的实验室中，一个装满了营养液的实验舱前，站满了人，他们大多神情狂热，眼神中充满了期盼。只有王思瑶心中有着些忐忑和不安，她悄悄地对旁边的人说："你真觉得我们跟着教授做这种违法的实验没关系吗，我怎么总觉得不舒服呢？"

　　旁边那人瞥了她一眼，漫不经心地道："怎么会呢，你想想我们如今基因编辑技术都那么成熟了，什么动物我们没成功过，人能差到哪里去？小王啊，你要想想我们这个实验的意义啊，如果成了，这可是一个完美的婴儿啊！这将是多伟大的实验啊！"

　　"道理是这样……可……"

　　"嗤……"实验舱的门缓缓打开，营养液流了一地，但没人注意，所有人的目光都集中在舱内的那个婴儿身上。很快，一支小队急匆匆地上去，拿着各种仪器设备，对那个婴儿进行检测。在一阵操作后，那个领头的人终于松懈下来，随后亢奋地大声喊道："我们的实验非常成功！婴儿一切都像预期般完美！"顿时，欢呼声充斥着整个实验室……

　　……

　　一年前，王思瑶跟着她的导师罗教授秘密开始了这个实验。罗教授试图将人类所有的优秀品质都集中到一个人的身上：勤劳、善良、节俭、热情、乐观、认真、坦诚、直爽、坚强、极高的智商和情商……一开始，王思瑶并不情愿参与进来，但出于对导师的尊重和信任，她还是选择了参与，并在各项检测后，被认为是最适合抚养这个孩子的人。她也向导师提出过异议："我还没有结婚，孩子怎么能没有爸爸呢？"

　　"这个问题就不需要你考虑了，你只要把他抚养长大就好了，千万不要把这件事告诉任何人。如果这个孩子真能如我们预期般完美，我想他不需要这种所谓的父爱也能生活得很好，不是吗？孩子出生之后，你就住在我安排好的房子里。钱的问题不用担心，你只要看好孩子就行了。"

　　"可是，我也没有经验呀。"

　　"没有那么多可是！既然基因检测都证明了你最适合，那你就得服从，懂了吗？"

　　"是……"王思瑶还是点了点头，心中却不禁想着：为什么原本慈祥的导师，会变得如此不近人情了呢？唉……

　　……

　　"既然实验已经成功了，那么大家可以回家休息很长一段时间了。接下来，这个婴儿就交给小王抚养了。既然这是一个完美的婴儿，我相信他一定能成为伟大的人，给人们的未来更多的希望。那这个婴儿的名字就叫王晞好了。小王，你觉得怎么样？"

"我……您说好，那就叫这个名字吧。"

"很好，希望你们能生活得很愉快，我也会经常来看望你们的。"

"是……"王思瑶勉强地笑了笑。她又何尝不知道，这所谓的看望，其实就是一种监视吧；但性子软弱的她还是选择了接受。

……

后来的日子里，王晞的确是如预期般那么优秀，在学校里的成绩永远都是第一，在班里也担任着班长的职务，是老师们最喜欢的学生；他平时也积极地参与各类比赛：书法、器乐、歌唱、朗诵、篮球、足球……没有一样是他不擅长的，家里的奖状、证书也堆得满满的；他还参加了各种社会实践，得到了社区居民们的一致好评。他的优秀，让他理所当然地成为了别的家长口中的"别人家的孩子"。不过，在他慢慢有了名气之后，人们也关注到了一个问题，王晞身边永远都是王思瑶跟着，而他的父亲从来没有露过面。于是，就有一些爱管闲事的问他："你爸爸呢？"

"妈妈，我的爸爸呢？"在被别人问得多了以后，王晞也开始缠着他妈妈问这个问题。王思瑶也只能按罗教授安排的来说，他的爸爸生病去世了。可王晞何等聪敏，他一下就看穿了妈妈眼神中的慌张，虽然他很想把这个问题继续下去，但他的那份"优秀品质"还是阻止了他质疑长辈，他也闭口不提，却将这个疑问牢牢地记在了心里。

可就算他想不提起这件事，生活中的他却时时被刺激到。在公园里，别的小朋友骑在爸爸的肩膀上笑得灿烂；在家长会上，他会看见别人的父亲对孩子的评判或是鼓励。父爱，已成了他心中最渴望的东西！但在成长过程中，他的那些所谓"优秀品质"，不断地束缚着他，逼迫着他压抑自己的渴望。

渐渐地，他变得有些软弱，如他的母亲一样。学校里一些不怀好意的同学，或许是出于好玩，或是出于嫉妒，开始拉帮结派地去欺负他，嘲笑他没有父亲。刚开始，王晞天生的自尊驱使着他反抗，但他毕竟不可能以暴制暴，于是他将这些事告诉了王思瑶。王思瑶也找到了班主任反映这件事，但她只得到了这样的答复："王晞确实是个很优秀的学生，但那些你口中说的欺负他的孩子也并不差。我希望你还是回家跟王晞好好沟通一下，一个人成绩再优秀，也不能随便说谎啊，是吧？"

　　王思瑶自然听出了这个班主任的意思，她也不明白为什么这个老师竟然能一口咬定王晞撒谎，恐怕是那些欺负他的学生先去找老师说过了。她真的很想说，通过基因编辑，他一定是诚实的，但理智还是压过了情感，为了不露出破绽，她也没有再多说什么……

　　自那以后，那些同学们对王晞的欺凌也愈发过分，王晞也在一次次的霸凌中变得懦弱、抑郁，在这种阴影的笼罩下，他的学习成绩一落千丈。浑浑噩噩中，他又想起了那个被他埋藏在内心许久的渴望：要是我有爸爸给我撑腰就好了……眼泪，艰难地从坚强的他的眼中滑落。

　　……

　　"罗教授，为什么王晞忽然变了这么多？您不是说过他是个完美的人吗？"察觉到王晞的变化，向来软弱的王思瑶也开始向曾经尊重的导师宣泄她抑制了多年的愤怒。

　　"你还好意思问我？你是怎么抚养他的？我不过就是在他长大懂事以后没再去看过他，怕引起怀疑，你到底干了什么！一定是你的错，基因是不会骗人的！"

　　"基因基因，难道一个人的一切真的只由基因决定吗！你自以为给王晞安排好了完美的一切，可你是不是忘了，父爱对一个人有多大的作用啊！可你却仅仅用生病去世来糊弄过去，这怎么可能行啊？你作为一个高等人才，难道连这个道理都不懂吗？基因完美，可一个残缺的家，真的能让一个人成为人类的希望吗？"

"嘟……"另一边传来电话忙音。

王晞站在门后，泪水如雨般倾泻而出，原本他只是敏感地听到了妈妈的大声吼叫，想过来看看情况，却听到了这个让他难以想象的真相。心中那个埋藏已久的疑问烟消云散，连同着一起崩溃的，还有他的内心，所谓的坚强、理智，全都被痛苦冲刷殆尽了……

……

当王思瑶走进王晞的房间时，他已躺在床上，失去了心跳。一旁的桌上还放着一杯没喝完的安眠药水，下面压着一个小纸条：我希望我是一个不完美的普通人……

穿越者

伍佳妮

3089 年 12 月 3 日

今天确实是个值得纪念的日子，我们穿越者团队研制出的"穿越者一号"将于今天正式运行。

如果时间可以倒流，一切都可以重新再来，我们能够弥补当年犯下的致命错误吗？虫洞的存在早已被证明，人类也于上个世纪成功达到光速、研制出可控核聚变。科技的重大突破使得时光机器的发明遥遥在望，却没有人有勇气迈出下一步。虫洞的本质不是穿越到过去，而是穿越到另一个平行宇宙。也就是说，当你穿过虫洞之后，已经彻底地从这个宇宙中消失，你的所作所为也不再与这个宇宙有关，而是只能影响另一个平行宇宙。因此，穿越虫洞的不可预测性太强，也没有多少人愿意冒着从这个宇宙消失的风险为科学事业"献身"。

但是，依然有人愿意回到过去，为了不使自己终生遗憾，哪怕是去到另一个宇宙也在所不辞。我就是其中的一员。在我 37 岁那年，儿子 6 岁。在一个周末，我因工作繁忙忘记自己曾答应过儿子带他去侏罗纪公园参观新孵化的霸王龙，于是在周一特地请假来学校接他，但他看到我拔腿就跑。我只好在后面拼命追赶，不料他直接跑上马路，一辆人工驾驶的汽车飞驰而过……

我永远无法忘记那个绝望的下午，我抱着他残缺的小身体，从温热到冰冷，悲痛欲绝。我一遍遍绝望地呼喊着他的乳名，明知道他再也不会做出任何回应却始终无法相信，仿佛一个亦真亦幻的噩梦。我无法原谅自己犯下的错误，毅然决然地加入了穿越者团队，着手研制时光机器。穿越虫洞对于这个世界中我的家人而言，与我自杀无异，身边的亲戚朋友也都试图改变我的想法，但我十分清楚，倘若无法改变这段历史，自己将永远无法得到安宁。其实，在追光者团队中，有许多同志的情况都与我相似。也正是因为我们对改写历史的这份执着与坚定，使得我们的科研飞速发展。终于，我们成功制造出了稳定的虫洞，上百次的计算与验证也都从各个方面证明了该项目的可操作性。在今天，我们将成为第一批穿越时空，或者说是穿越宇宙的穿越者。

"同志们，这是一个将会被记入史册的时刻，我们将成为第一批使用我们自己的科研成果——'穿越者一号'的穿越者。"我们的组长向悬浮在空中的摄像头微微点头，又用坚定的目光看着我们，"与这个宇宙做最后的告别吧，然后去平行宇宙把历史改写成你们心目中的答案。"之后，我们排成一排，依次钻入"穿越者一号"。我调整好机器，输入时间，向这个宇宙最后望了一眼，就转身踏入了机器。

3063 年 10 月 24 日

仅一转眼的工夫，我就从虫洞中走了出来。感觉身体什么变化都没有，只是身后的机器在我出来的那一刻就消失了，环顾四周，发现还是原来装机器的房间，只是所有设施都变成26年前的了。今天是星期天，是我忘记带儿子去侏罗纪公园的那一天。我得赶紧去提醒当年的自己。

走向当年那间熟悉的实验室，我敲了敲门。门开了。"谁？"他冷冰冰地问道，显然没有认出我的身份。"你不要吃惊，"时间紧迫，我决定直接说出真相，"我是来自未来的你。"话一结束，没想到他"砰"地关上了门。我暗暗吃惊：当年的我好像也没这么暴躁啊？我只能坚持不懈地继续敲门："我真的是来自未来的你啊！你没看出我长得很像你吗？"他不耐烦地再次打开了门："你到底想干什么，别烦我了，除非你能证明。"我顿了一会儿，随即脱口而出："你有一个六岁大的儿子，你答应今天要带他去侏罗纪公园。""我打算带他去游泳，哪有什么公园。我今天加班，回头会跟他解释的。别多管闲事儿，老头儿。我很忙，没工夫理你。"门再次被无情地关上。"答应的事一定要做到！不然你真的会后悔的！真的！"我绝望地大喊。"够了！出去！不然我叫安保机器人把你带走！"

没办法，我只能暂时离开。我在马路上漫无目的地游荡，思考着刚才发生的一切。为什么"我"的脾气这么暴躁？为什么他不是带儿子去侏罗纪公园？我突然意识到，因为周围环境过于相似，我竟忘记了自己不再位于原来的宇宙中了。在平行宇宙中，这个"我"只是长得和我一模一样，但是性格、经历可以与我有些许差异。我发现问题越来越棘手了，对于下一步的对策也毫无头绪。我忽然想到了曾经的生活。在原来的宇宙中，我有家人、有同事，但我放弃了一切来改变这个宇宙的过去。现在的我举目无亲，甚至连一个身份都没有，身上的钱花光之后也不知道能够依靠什么生存下去。我成了一位局外人。原本以为这个世界的"我"能够很快接受我的出现，说不定还能够在我的指导下很快制造出时光机器并且让我穿越回去，现在发现我真是想得简单了。万一我连儿子都没办法挽回……不行，儿子必须救下。这是我穿越时空的唯一目的。只要儿子能活下来，我就算是失去了一切也没有遗憾。

我在实验室附近待到晚上八点半，终于看见了"我"走向停车场的身影。我赶紧跑向他："小伙子，算我求你了，听我一句劝！不管怎么样，儿子……""凯特，控制他！"话音刚落，他口袋中飞出一个金属环，迅速变大并且将我紧紧束缚在原地。"不管怎么样，明天接儿子放学的时候千万不要让他跑到马路上！求你了，一定要记住！"他丝毫不理会我，径直走向那辆我曾一直使用的自动驾驶汽车M42，然后迅速离开。直到半个小时以后，凯特才放我，我终于得以动弹。看来，改变"我"的想法是不可能的了，我只能在明天放学的时候亲自救下儿子，这是我成功的唯一办法。

第二天下午，我急切地在学校附近的路口等待。当时，儿子就是从这个路口跑上马路的，我一定要拦住他。四点……四点十分……四点二十分……离放学还剩十分钟。我极力控制住几乎跳出心室的心脏，克制身体的微微颤动，不能紧张，一定不能紧张。我要保持头脑的清醒和四肢的敏捷。四点三十分。我全神贯注地盯紧校门。很快，那个熟悉的小身影和同学们有说有笑地向校门口靠近。儿子！我的儿子！我日思夜想的儿子！眼泪几乎夺眶而出，但很快被我遏制住了。现在不是激动的时刻，而是生死攸关的转折点。他一眼看见了校门口的老爸，随即厌恶地撒腿就跑。我看见他往我的方向跑来，一步、两步……我绷紧了全身的肌肉，做好了挡住儿子的准备。50米……30米……时机成熟，在儿子正要跑上马路的那一刻，我死死地抱住了他。"爸爸！爸爸！"他拼命向我身后呼喊。"你到底是谁？快点放开我儿子！""我"气喘吁吁地向我跑来。我没有反应过来，依然惊魂未定地拼命抱住儿子。儿子在我的怀里拼命挣扎，突然狠狠地咬了我一口，在我松手的一刹那向前冲去。他冲上了马路，在所有人都没有反应过来的时候，一辆手动驾驶的汽车飞驰而过。

时间仿佛静止。眼前的"我"抱住那具小小的身体，痛哭流涕。脑海中，以前的我抱住那具小小的身体，痛哭流涕。我无法思考，无法移动，只是呆呆地站在原地，分不清什么是现实、什么是虚幻。我没有了灵魂，空留一副躯壳在这里，真正的自己已经不复存在，化作了永恒的虚无。我没有任何意义。我看见那个悲痛万分的男人缓缓转头看向我，用世界上最愤怒、最凶狠的目光看向我，他撕心裂肺地咆哮："你害的！"

我闭上眼，一道冰凉的液体从眼睑流出，划过脸颊。

命定的相遇

李琳佳

　　赵寻风从来没想过，他会遇到这种情况。

　　明明他只是正常地睡了个觉，一睁眼，怎么就到了这么个奇怪的地方？

　　周遭，是陌生的环境。

　　似乎是一个将近 60 平米的小房间，房间整体是蔚蓝色的，可以看出其主人是个较为冷静的人。

　　房间一角飘浮着一个天蓝色的台面，台面上空无一物；另一角并不是三线垂直，而是向着房间内部凹进来一个半径约一米、立着的四分之一圆柱，旁边还横放着一个一人高的圆筒状机械。

　　除此之外，整个房间空荡荡的，连门都没有。

　　如果仅仅是这样的话，赵寻风还会以为，自己只是被绑架了；然而，比起当下的状况，绑架显然要好得多，因为他发现——

　　自己竟然变成了一个机器人！

　　没错，赵寻风现在的身体，已经不是他所熟悉的那副了，他的脑海里多出了许多信息，关于他的，关于这个房间的，关于他现在所处的时代的。

　　现在是 2100 年，随着第四次工业革命的进行，

AI 技术飞速发展，而他，被看作这项技术的巅峰产物。

这个名为"林一"（由序号 01 更名）的机器人有着 20 岁普通人类男性的外表，仅从外观看，难以让人判断是否是人类；他的程序中，植入了当代的几乎所有知识，并且能够迅速进行处理分析；他还被赋予了极高的学习能力，数据容量几乎可以说是无尽的。

这些技能，任选一项都有机器人能够达到。当然，这样全能的也只有他了。不过，他之所以被称为巅峰，区别于其他机器人的最主要的一项就是——情感。

相对于其他同类的理性无情，他拥有着正常的喜怒哀乐，这在目前的发展中还是首例，甚至连他的设计者都表示，这是个无法复制的偶然，是众多数据累计后意外形成的异变。

而在他面前的这个名为休息舱的机械中，便躺着他的主人兼设计者，21 岁的"天才科学家"林天牧。

林天牧可以说是标准的"别人家的孩子"，从小就对研发设计感兴趣，喜欢自己捣鼓各种小发明，拿了不少专利。不仅如此，他从未耽误学习，各科成绩优异，跳级更是常事，15 岁便学完初高中所有知识，明明凭着各项专利便能被各大学录取的他，硬是参加统一考试，凭压倒性的分数进了帝都大学。

大学毕业后，林天牧加入帝都研究院，主持研发了一系列智能产品。可以说，现在人们的日常生活，离不开他的发明。不过，他最得意的作品，还是赵寻风。

赵寻风看到关于林天牧的资料，不由得咂舌，心中升起一股艳羡之情，但没有嫉妒。

他是被林天牧创造出来的，产生意识后第一眼看到的便是林天牧，便对林天牧升起一股亲近之情，类似于雏鸟情结，甚至程序主动认林天牧为主，而且他发现这竟是永久绑定，无法解除，也因此，他甚至不能对林天牧产生一丝一毫的恶意。

忽然，他看到休息舱打开了，一看时间，六点整。林天牧的生物钟无疑是极准的，每天都将自己的生活安排得井井有条。

他本以为科学家都是那种严肃、刻板的人；然而，当休息舱中的人起身，他的眼底却划过一抹惊艳：

眼前的少年面如冠玉，唇红齿白，柔软的墨色碎发在额前垂下几缕，身着一件洁白衬衫与墨蓝色长裤。他的睫毛很长，睫毛下面是两只如同黑宝石般的眸子，刚睡醒，眼上还蒙着一层水雾，似有些茫然。

"积石如玉，列松如翠。"赵寻风脑海中忽然出现这么一句诗来，面前的男生真的可以用"漂亮"来形容，却又不显得特别女气，而是有种干净纯粹的气息。

一看到人，赵寻风心中就涌起一个念头，他想要和少年亲近，想要守护好他，他吓了一跳，赶紧收收心。他有种直觉，之所以来到这里，就是为了面前的这个人。

他甩甩头，将奇怪的想法压下，看着林天牧起身下了休息舱，一抬手，在墙角的平台便直接飘了过来，只见林天牧一双洁白修长的手在显示屏上点击、滑动。

一面墙打开，只见里面摆放着一件件衣物。

一只机械手从中拿起一件外套递给林天牧，穿上外套后，林天牧将衣柜闭合，将休息舱收入地下，而后，墙角那个圆柱状的地方忽然开了一道近似矩形的口，接着缓缓打开，原来是一架电梯。

赵寻风跟着林天牧走进电梯，看着林天牧对着电梯上浮起的显示屏选择楼层，门徐徐打开，里面是一架架令人眼花缭乱的器械，每个器械上都飘浮着一个显示屏，上面滑动着一串数据：身高、体重、心率、血压……这里竟然是一个健身房。

没错，林天牧每天早晨起来做的第一件事就是晨练，还专门找人量身制定了一套锻炼计划，日复一日地锻炼，没有一天偷懒，虽说身边有个十八般武艺样样精通的机器人守护着，但林天牧还是希望能依靠自身时就不麻烦他人。

接着，林天牧饮下一瓶营养液作为早餐，然后带着赵寻风到地下室，驾驶悬浮车前往研究所。

坐在悬浮车上，看着车外的景色，赵寻风才真正感到，自己已经不在 21 世纪了。

只见空中飘浮着大大小小、各式各样的车辆，来来往往却不见丝毫混乱，细看便会发现，不同走向的车辆分布在不同的层面，且每层之间细看便会发现一条条相互平行的激光在隔离着不同的车辆。

高楼大厦更是形态各异，有简约柱状的、蘑菇状的，甚至鲸状的，一栋栋矗立着，有的楼房上还滑动着一条条广告或告示，譬如"道路千万条，安全第一条"之类的。

地面上是来来往往的行人，有人头顶上飘浮着一把仅有伞盖的伞在遮蔽太阳，人走到哪，伞就跟到哪，无需举着伞柄；有人举着一块表，表上浮现出一个人的影像，二人显然在通话，时不时还笑上几声；几个机器人在四处滑行，清扫地面的垃圾；几个孩子在叽叽喳喳讨论着新出的 VR 游戏。

虽说数据库里已包含相关信息，但真正看到这些的时候，赵寻风依旧有种惊艳感，本以为看了这些以后，接下来情绪也不会再有太大波动了，直到他看到帝都科学院，才发现自己错了。

帝都科学院是一个巨大的悬浮岛，岛的四周隐约闪烁着光，那是一个屏障，防止外人随意进出。

唯一的入口处也会经过严格的扫描检查。进入岛中，岛上泾渭分明地分为几个板块，代表着不同的研究范围或材料库等地。

每地都有着不同的设计，但各个板块之间仍能感觉有种联系，仿若一体。

　　赵寻风跟着林天牧进入他的研究所，一进门，就看到一个白影扑了过来："阿牧，早上好哦……"定睛一看，原来是林天牧的助手薛筱云。

　　赵寻风没来由地感到一阵烦躁，冲上去就拉开了薛筱云，将林天牧挡在身后。

　　薛筱云被拉开，眼中立刻泛出泪花，她本身就是个美人，此时的模样更是惹人怜惜，林天牧揉揉眉心，叹口气道：

　　"林一，怎么又这样子？都和你说了小云是我的助手，不可能会伤害我的，你也不需要把我保护得这么紧吧。"

　　赵寻风愣了愣，才想起之前也经常做这样的事情，而他这一股烦躁感，正是源于原身，他张了张口：

　　"阿牧，我知道，只是……"

　　只是什么？只是不想让别的人碰他吗？只是想自己独享？他难道还能告诉面前这个人，每当听到外人议论他和助手如何般配，看到他们亲密的样子，他就感到心揪揪地疼？

　　他也不知道这感觉是为什么，或许是儿子对父亲的眷恋，又或者……

　　他只知道，薛筱云似乎也发现了什么，在林天牧帮她说话时，她总喜欢在林天牧看不到的角度，冲自己一脸的耀武扬威。

　　他低头不语，跟着林天牧走进实验室，因为他知道，自己唯一能够胜过那个女人的，也只有在实验上与林天牧的默契度了。

　　上午，陪着林天牧做了一些实验；下午，他又跟着林天牧参加了一场会议；接着，薛筱云以外出取材为由，拉着林天牧出了研究所。林天牧禁不住薛筱云的软磨硬泡，只好答应。

赵寻风跟在后面，他走着走着，隐隐感觉薛筱云想拉着林天牧朝着一个特定的方向，他有些不安，又不知道该如何阻止，只能暗暗戒备。

他们走着走着，周围的人越来越少，直到一个地方，竟只剩下他们三个。这时，薛筱云停下了脚步，林天牧也跟着停下。只听薛筱云道：

"阿牧，我有些话想对你说。"

当林天牧安静地站在那做出倾听状时，一直戒备着的赵寻风忽然感觉到了不妥，只见一道光束直直地冲向林天牧，当事人却毫无察觉。

来不及准备，赵寻风唯一能做的，就是挡在林天牧身旁，为他受下这一击；然而，当他被击中才发现，这一束光，竟是专门针对机器人的，类似病毒，而能解这个病毒的方式，就是将他重新格式化。

这时，他发现了薛筱云嘴角勾起的一抹弧度。是了，这是一个局，一个专门针对他的局，他们知道直接攻击会被他闪开，他们知道自己一定会拼尽全力保护好林天牧……

赵寻风知道，身为机器人，本就多方面能力强于人类，人类唯一能感到自豪的，就是他们具有情感，而机器人不能理解人类复杂的感情。

若是机器人具备了人类的情感，那么，人类的优越感便荡然无存，所以，他们要摧毁他，只要将他格式化，这偶然诞生的情感便会失去，毕竟这仅仅是个偶然，因为，这本就不应该出现。

恍惚间，他似乎看到了林天牧落下了眼泪，而薛筱云在一旁安慰他。赵寻风想抬抬手，替林天牧擦拭掉泪水，却感到已无法控制自己的身体，意识在渐渐抽离……

傻阿牧，你为什么要哭呢？我本就不应该存在啊。

自己本就是异世之魂，机缘巧合之下才来到这里，如今，也该回到本该待的地方了吧。

"丁零零"一阵闹铃声响起，赵寻风从睡梦中惊醒，眼角还带着泪痕，看着熟悉的宿舍，他晃了晃神，总感觉自己好像做了一个神奇的梦，梦见什么了呢？

早读课时，班主任带了一个男生进来，跟大家介绍：

"同学们，这位是我们班新来的转学生，林天牧，大家掌声欢迎！"

熟悉的眉眼，一下子打开了记忆的闸门，赵寻风看着那比记忆中要青涩的身影，不顾同学们的诧异，泪水如决堤的洪水汹涌而出。

常有人说，其实，宇宙中有无数个平行世界，每个平行世界中都有个我和你，在做着与我们不同的事情，那么，每当午夜入梦时，我们所梦见的，是否就是那个平行世界中的自己呢？